ハヤカワ文庫JA

〈JA1484〉

黒猫のいない夜のディストピア

森 晶麿

ja

早川書房

8664

黒猫のいない夜のディストピア

目次

黒猫のいない夜のディストピア

プロローグ

「あなたのせいよ！」

まるで鏡の中の自分に罵(ののし)られたみたいだった。

朧(おぼろ)な満月はすべてを見届けようとするように、彼女の背後からこちらに笑いかけている。

本当に鏡の中の自分ならマシだった。臆病な自分と同じように、怯(おび)えた表情を浮かべるだけで何もせず、機をみて背を向けてくれただろう。

けれど自分によく似たその女性は、こちらを正面から堂々と糾弾(きゅうだん)した。己(おのれ)の分身に罵られるなんて、夢でもそうは見ないシチュエーションである。

同時に脳裏(のうり)に浮かんだのは、ルネ・マグリットの絵画《複製禁止》。黒いジャケット姿の男は鏡を見るようにして立っているが、鏡の中の男もまた、男に背を向けている。マントルピースの右側にある『ナンタケット島出身のアーサー・ゴードン・ピムの物語』の原書だけが、正しく鏡像であることを示している。

深酔いしている自覚はあったけれど、アルコールが見せる幻覚だと片づけきれないことは、この数日の出来事でわかっていた。

これは紛れもなく現実の光景。S公園から漂ってくる、青臭さの中にわずかに甘みを含んだ紫陽花(あじさい)の香りが教えてくれる。

「ねえ、聞いてるの？　何とか言いなさいよ！」

ドッペルゲンガー、ホートスコピー、影法師、ドリアン・グレイ、ウィリアム・ウィルソン……さまざまな単語が同時に頭をかすめるけれど、どれも彼女に直接返す気にはなれない。

顔はそっくりだが、ファッションは違う。

基調は白。その白は、狂気の白としてインプットされる。

白銀の髪、白銀の瞳、白い唇、白のゴシック調ワンピース、左耳の真珠のピアス。白、白、白……白の自分が、目を見開いている。

もちろん白銀の髪は染めたか鬘(かつら)で、目はカラーコンタクト、唇も白いリップを塗っているだけだろうと、頭ではわかっている。なのに、自覚のないまま後ずさり、公道に一歩足が出た。信号が変わってくれれば、道を渡って逃げられる。

赤信号は、芯のぼんやりした頭には赤い月みたいに見える。

早く、早く青い月に変わって。

いくら目の前の彼女がこの数日の関心事で、こちらの神経を苛み続けていたからといって、こんな現実が待ち受けていることを予想できていたわけではない。いや、むしろ彼女との接触など金輪際ないことを願っていたのに——。

「あなたさえいなければ……！」

自分に、突き飛ばされた。酔って覚束ない足元は、いつもなら踏みとどまれるはずのところで踏みとどまれず、バランスを崩した。

接近するライトに気づいた。

梅雨時にもかかわらず背筋に冷たい感触が走る。

眩しくて目が開けられない。トラックがやってくる。

死ぬのだ。

どうしてこんなことになったの？

何がいけなかったの？

光に呑まれ、遠のきつつある意識のなかで、愛しい人を呼んだ。

幕間　分身

あなたは、今日ようやく私を見つけた。

その円らな瞳が私を見つめ返した。もちろん、本当にあなたが私を見ていたのかはわからない。もしかしたら、私の後ろに広がる所無駅の雑踏をただ眺めていただけなのかも知れないし、じつは何も見てなどいなかったのかも知れない。

それでも、私はあなたに見つけられた気がしてとても嬉しかった。だって、あなたは私の分身だから。あなたがこれからどこへ向かうにせよ、何をするにせよ、私はそれを見届けよう。それが、分身への責任というもの。

不意に、あなたは表情を固める。何か怖いものにでも遭遇したみたいな顔だ。

私を怖がったの？

馬鹿ねえ。私はいつでもあなたの味方よ。

黒猫のいない夜のディストピアⅠ　白い私

1

鏡を見ながら、眉をほんのり描き足し、紅を薄く引く。鏡の向こうには、現実の世界が左右反転して映り込んでいる。幼い頃はよく鏡の観音扉をわずかに斜めにして遊んだものだ。そうすると、合わせ鏡となって無数の自分が広がり出す。鏡に映し出された自分がカタカナのヨなら、鏡の世界にいる自分はアルファベットのE。そのまた鏡の中にはやはりカタカナのヨの自分がいる。

無限のうちの半分が現実で、半分が虚構なのか。そんなことを考えて遊んでいるうちに時間ばかりが経（た）って、折角（せっかく）の休日が終わってしまうこともよくあった。

いま考えれば、母はそういう時何をしていたのだろう？　やっぱり研究に勤（いそ）しんでいたのだろうか。それとも、襖（ふすま）の隙間などから娘の様子を覗いて微笑（ほほえ）んでいたのか。最近、自分の子どもの頃に母が何を考えていたのかを想像することが増えた。

母は大学卒業を目前にして身籠もっているから、二十三歳で母になったことになる。もう自分はとうにその年齢を追い越している。今年で二十八。月日は光の速度で過ぎていく。いま自分が母になったら、と考えると、まだちょっと怖い。とても研究どころじゃないだろうな。母は『竹取物語』の研究で知られた国文学研究者。対するこちらは、エドガー・アラン・ポオを美学の見地から研究する駆け出しの美学研究者。

乳飲み子を抱えながら、竹取物語の原話と見做されたことのある物語の生成背景を探りに大陸まで渡った母とは、バイタリティに雲泥の差を感じてしまう。

母の場合、意地があったのかも知れない。彼女は結婚せずに、女手一つで自分を育てる道を選んだ。相手の男性に婚約者がいたため、身を引いたのだ。

もっとも、この件について、母本人から聞いたわけではない。ひょんなきっかけで母の過去を探ることになった際に、推察しただけの話だ。

母は、必死に生きた。それだけだったのだろう。

そして——たぶんその必死さが、自分にはまだ足りない。

「メイク、完成、と」

ファンデーションの一つも塗らずに何が完成だと揶揄されそうなくらい簡素な仕上がり

だけれど、これが標準仕様。

化粧品をポーチにしまって、開きっぱなしのドアからリヴィングを見渡す。ラテン語、ギリシア語、サンスクリット、さまざまな言語で記された書物たちが、大小不揃いにジェンガのように積み重ねられている。この部屋の持ち主曰く、これが有機的配列なのだそうで、整理整頓は厳禁とのこと。

それでも、時折色やサイズで勝手に整頓するのだけれど、しばらく目を離すと元通りになっている。空に向かって投げたボールが大地に戻ってくるように、それらはもともとの場所へと戻ってしまうのだ。

彼は言う。

——たとえば、ハンスリックの『音楽美論』は、ワーグナーの『宗教と芸術』の隣にあったほうが皮肉が効いているし、ハイデッガーの著作とアドルノの著作とは離しておかないと据わりが悪い。僕の脳内においても両者は離れた位置にあるわけだからね。

——でも、カントが奥に追いやられてるわね。日頃、カント哲学をけっこう重視していると思うんだけど？

——カント哲学は明快だからね。滅多に読み返さないんだ。

こちらが相手のこじつけを突こうと思っても、一応の理屈を言われてしまう。結局、書物たちは飼い主の言いなりになって、元の配列に戻っていった。

ふん、そのうち毎日整理してやるから。

毎日――か。

それって一緒に暮らすってこと？

今のところ、彼の家には週末に一泊するだけだ。それも、ここ二ヵ月ほどは二週間に一度、三週間に一度、と徐々に減ってきていた。べつに関係が冷めたとか、そういうわけではない。ただ、タイミングが合わない。

そして昨夜は――。

昨夜のことはあんまりよく覚えていない。ただ二人で久々に飲んでいるとき、いつもならしないような甘え方をしてしまった気がする。それがなぜだか空回ったようで、早々にこちらがふてくされてベッドに潜り込んでいた。なんでだっけ？

覚えている黒猫の台詞が一つだけある。

――とにかく、まだ今は無理。

拒絶されたショックが身体に残っている。肝心の何を無理と言われたのかは忘れてしまったけれど。

相手が機嫌をとりにきてくれるんじゃないかなんて期待が、ちょっとばかりなかったわけではない。けれど、彼はあえて距離を置こうとでもいうのか、ふて寝をするこちらを背に仕事を始めてしまった。

自分のほうから折れて話しかける気にもなれず、そのまま眠りに落ちてしまったのだった。

記憶がまばらな分、よけいに恥ずかしくて消えてしまいたい気分になる。

そう言えば、昨夜のことで気になることが一つあった。

この部屋のどこかで、見慣れぬピンクの歯ブラシを見た記憶。

黒猫のものではないように思われた。黒猫はいつも黒の歯ブラシを使っているから。

それについては結局現在まで何も尋ねていない。

三面鏡の脇にある歯ブラシのコーナーをたしかめる。黒い歯ブラシが一本、コップに入っているだけ。

気のせいかな。

洗面所の三面鏡を閉め、リヴィングのソファでデニムに足を通した。正味二十秒。それから、ローテーブルの上のメモに目をやった。

行ってくる

短い言葉だが、几帳面(きちょうめん)な字体から、誠実さが感じられる。これから三日間は会えない。今回は滋賀の長波間(ながはま)市に向かうらしい。金曜日の今日が大学の創立記念日で三連休になることを利用しての、私的な調査だと言っていた。

何でも、そこに建設される竹林公園の詳細を調べたいのだとか。彼の興味の範囲は年々拡大しているから、こちらでは把握しきれないところがある。

けれど、こんな気まずい感じになるとわかっていたら、私費で出張するほどの興味の対象について先に聞いておくのだった。彼は自分が悪い時にはきちんと謝る。黙っているのは、こちらが理不尽なことを酔った勢いで言ったということか。

「うわあああ私の馬鹿……」

肩を落としながら、部屋を出て鍵をかけた。

エッフェル塔のキーホルダーが、朝日を浴びて輝いた。

2

自宅のあるS公園駅までの道すがら、考えるのは最近の二人のこと。酔いのついでのすれ違いは氷山の一角。もっと奥深くにずっと見て見ぬふりをしているわだかまりがある。研究や仕事に疲れていたのは確かだけれど、それだけじゃない。やっぱりこのところ彼と話す機会自体が自然と減っていたことが問題なのか。

　そもそもの原因は三ヵ月前、博士課程を三月に修了し、晴れて博士研究員となったことにある。これまでと同様に自分の研究をするのに加えて、チームプロジェクトとしての研究、予算管理やスケジュール管理などの重要任務が与えられた。自動的に、それまでの彼の〈付き人〉というポジションは解かれ、仕事のうえで彼と話す機会はほとんどなくなった。

　彼は、学内ではもっぱら黒猫と呼ばれている。本名はもちろんべつにある。けれど、大学では誰もが彼のことをそう呼ぶ。論理の自由奔放な歩みと、いつも黒いスーツに白シャツという服装をしていることから、学部長の唐草（からくさ）教授が命名したのだ。

　弱冠二十四歳で教授職という、今時漫画でだって描くのを躊躇（ためら）うようなスピード出世を地でいく男。教授職に就いて、はや三年が経つ。その間、大学時代の同期であるこちらは、博士課程を終えて博士研究員、通称ポスドクになった。

　この年齢では、むしろ当たり前のポジション。そうでない人のほうが稀（まれ）なのだ。実際、毎日研究に向かい合っていても、自分がそれ以上のポストに就ける段階にないことは嫌というほど実感させられる。

だから、いちポスドクである自分と、黒猫の生活がバラバラになるのは、至極当然のことと納得してはいるのだ。けれど――。

西武線のアナウンスが流れる。

「次は所無、次は所無」

窓の外には単調な戸建ての街並み。西武線沿線の車窓なんてどこを切り取っても同じように見えるのではないかと思っていた。だが、所無にも小さな革命は起きている。

三年前に始まった〈所無オアシス化構想〉で所無駅周辺は生まれ変わった。直線のラインを強調したモダンなデザインの駅ビルがペデストリアンデッキで大型複合施設へと繫がり、駅前商店街のプラム通りもアーケードでひと続きとなったのだ。

小さな個人商店が減って企業のビルが立ち並ぶ傾向は以前から顕著だったけれど、ここ数年で、少し野暮で殺風景だが古き良き風景も多少入り混じった所無は、洗練された都市に変わりつつあった。いわゆるモダニズムの都市、所無への変貌だ。

街にはそのことを悲しむ気配はなかった。緑豊かな田舎町で都市開発が進んだのならまだしも、もともと戸建てと商店街があるだけの街が生活利便施設の充実する都市開発に舵を切ったのだから。

ところが――ホームに降り立つと、駅じゅうにトラメガでがなりたてる声が響いている。

《悪趣味な都市開発を許すな！》

ほんの一、二年前まで地元テレビ局もタウン誌も、都市開発をもてはやしていたのに。

もちろん、どんな都市開発にも反対者はいる。けれど、いささか時期外れではないだろうか？　都市開発はこの三年ずっと続いてきたのだ。今さら反対してどうなるというのか。

トラメガの音量は、こちらの鼓膜を破ろうとでもするようだった。

二日酔いの頭に響き、眉間に皺を寄せながら改札を出る。陽の光がまた瞼（まぶた）を刺激した。

駅前には、異様な光景が広がっていた。

「なに、これ……」

たくさんの人々が、《都市開発絶対反対》のプラカードを掲げている。その中でも、ひときわ大きな看板に目を引かれた。

《愚かなユートピア十カ年計画を許すな！》

ああ、これのことか。どうやら、自分の考えていた〈所無オアシス化構想〉は過去のものので、彼らが反対しているのは、先日市が新たに打ち立てた駅前西側エリアを一新する新プロジェクト〈所無ユートピア十カ年計画〉のことらしい。

新聞の見出しをちらりと目にした程度だから、詳細はよく知らない。都市計画にそれほど興味があるわけではないし、第一いまは日々の研究で頭がいっぱいでもある。

とりあえず耳を押さえて家路を急ごう。と、歩き始めたところで、背後から名前を呼ばれた。名前で反応したのか、声で反応したのか。恐らくほぼ同時だった。きっとどんな人だって、親に名前を呼ばれた時なんてそんなものだろう。

すぐに見つかった母は、思いもしない格好をしていた。服装はいつも通り。初夏に相応しい涼し気な紫陽花色のワンピース。けれど、頭にハチマキを凛々しく巻きつけ、《都市開発絶対反対!》という段ボール製のプラカードを掲げている。

「お母さん……」

日差しで立ち眩みしそうになりながら、頭の中がこの駅前の人混み以上に混乱しかけた。

なぜ母が、デモに参加を?

3

「何してるの、こんなところで……」

責めるつもりはなかったけれど、身内がデモに参加しているということが何とはなしに気恥ずかしくて小声で尋ねた。

母はプラカードを知り合いらしき女性に預けて集団から抜けてくると、こちらの隣に立った。

「見てのとおりよ。都市開発反対のデモに参加してるの」

そうは言ったものの、わずかながら彼女の中にも恥じらいが見え隠れする。

「付き合いで？」

「まあ、そんなところね」

やっぱりそうか。母は昔から近所付き合いも大事にしているから、なにかと役員などに駆り出されることも多い。本人は仕事で手いっぱいなはずなのに、それでも嫌とは言わずに引き受けるのを、ずっとなぜだろうと思ってきた。お人好しというタイプではないのに。

「……研究は？　いいの？　いつも忙しいって言ってるくせに」

「市民としての役割もあるでしょ。大人にはいろんな顔があるものよ」

「それはそうだけど……でもどうして十カ年計画に反対なの？　所無の都市開発なんて今に始まったことじゃないでしょうに」

三年前から、所無は都市開発を進行させている。プロジェクト名が変わっただけではないのか。

「私がこのデモに加わっているのは、知人に参加してくれと言われたからだけど、その意義も主張も理解はしているつもりよ。彼らが反対しているのは、これから十年かけて行なわれる都市開発が、これまでとは異なるいびつなプランだからなの」

「そんなに違うの？」

「所無のランドマークとして機能してきた所無航空記念館、市立図書館、所無競馬場、所無中央公園、所無文化会館……これらの施設がすべてリニューアルされるの。それも、真っ白なゴシック様式みたいな外観で」

「え、真っ白なゴシック様式……？　この現代の日本にわざわざ？」

「正式なゴシック様式というわけではないの。ただ、そんなふうに見えるというだけで……」

聞くだけで異様な話ではあった。

そもそもゴシックとは、ルネサンス前の芸術を揶揄する目的でヴァザーリのような美術史家たちが「ドイツ風の」「ゴート族風の」といった意味で用いたのが始まりで、既存の芸術に対して遡及的につけられた名称だから、括りが曖昧ではある。

十八世紀になると、ゴシック・ロマンの隆盛によって、ゴシックは当初の意味合いから離れ、退廃的、神秘的、中世的といった意味で用いられるようになった。これが昨今の用法に近い。我が研究対象のエドガー・アラン・ポオの小説も、そんなゴシック・ロマンの系譜に連なっている。

その「ゴシック」なる言葉が、思いがけず自分の住む街の都市開発の中に出現した。そもそもが曖昧な様式のため、「ゴシックのような建築」というものも出現する余地はいくらでもある。

だが、落ち着いた住環境との調和を好む者が多いであろう所無の市民から反発があるのも仕方ない。

とりわけ、図書館や中央公園、文化会館は幼い頃からよく母と行った思い出の場所でもあり、所無の地元自慢で真っ先に名前の出る場所でもある。その場所が、ことごとくゴシック「のようなもの」に？

「誰が計画したの？」

「計画を推進したのは現在の蓮沼(はすぬま)市長。でもそのバックに建築関係のブレーンがいるのは確かでしょうね。都市計画書には名前がないけれど」

こういった大規模な都市開発には推進委員会が組まれるのが常で、今回も建築業界の人間が関与しているのは間違いない。通常クレジットが隠されることはないはずなのだが……

……この反発を想定して、はじめから匿名にしたのだろうか？

「中央公園には、芝生の代わりに、白いゴムを敷くそうよ。陸上の練習にも適したものにするのが狙いですって。開発のスローガンは〈所無を新世紀ユートピアへ〉というものなんだけど、これではユートピアどころかディストピアね」

理性や科学によって管理統制され、全体としての平和や幸福が強調されているが、現実には個の不幸が隠蔽されているような社会のことを、いつからかディストピアと呼ぶようになった。個人的には、ユートピア幻想が孕む構造上の必然的欠陥だろうと思っている。

「じゃあ、お母さんも都市開発に反対する人たちに共感しているのね？」

母は一瞬言葉に詰まった。

「……わからない。ただ、デモを起こす人たちの心情にはいくらか頷ける部分があるということよ。私自身がどうか、というのはまた別の話ね」

その言葉に、いつもの母の安定感を感じてホッとした。

母は、義理人情に篤いところがある。彼女がデモに参加するのは、思想面よりもそういった義憤が動機にあるほうが似合っている。

「それで、お嬢様、ずいぶん遅いご帰宅ね？」

いたずらっぽく微笑む。すでに黒猫との関係は母も認めてくれている。昔から、恋愛のことで口を出してきたことがない。こちらから何でもオープンに打ち明けてしまうせいか。自分の考えや行動を否定されるおそれがないから、隠そうという気にならないのだ。

──あなたがそこまで深く誰かとお付き合いをしようと考えるのって、初めてよね。

黒猫との関係を話した時、彼女は感慨深そうな顔で言ったものだった。交際経験がないわけではない。人を好きになったこともあった。けれど、いつも一歩踏み込めない自分がいた。

それが──黒猫と出会い、踏み込んだつもりもなく、今のような状態に至っている。

「一度家に帰ってから、大学の図書館に行こうと思って」

「黒猫クンと一緒？」

「ううん、彼は今日から出張」

「あら、あなたの大学はせっかくの三連休なのに。どちらへ？」

「滋賀の長波間市だって」

すると、母の表情が不意に輝いた。

「なつかしいわね。あなたのおじいちゃんの故郷よ。おばあちゃんと私も、おじいちゃんのお仕事の関係で一時期は長波間市にいたことがあるわ。いいところよ」

母が幼少期に滋賀にいたことは、著書のあとがきで読んだことがあった。

「そう言えばそうだったね……行ってみたいな、いつか」

自分が生まれるより遥か昔に亡くなった祖父が生まれ育った地に、いま黒猫がいる。何とも不思議な縁だ。しかし、喧嘩をした後では、わずかな距離がもどかしいのが実情ではあった。

「じゃあ、寂しいお嬢様のために、今夜はお鍋でもしましょうかね」

「え、うそ、やった！　早く帰る！」

母が微笑んだ。もうこの歳ともなると、母も娘も自由に生きている。晩御飯も大抵ばらばら。それでも、週に一度くらいは、こうやって一緒に食べる日を作るようにしている。決まりを設けているわけではなく、微弱な磁石が反応し合うように、しぜんとそうなるのだ。

「じゃあ、仕事終わったら具材買って帰ろっか？」

「家にあるもので大丈夫。作っておくわ。何かあればメールするから」

母がSNSのメッセージ機能を使いこなすようになったのは最近だが、母にとってはSNSメッセージでも〈メール〉だ。妙に律儀(りちぎ)で途切れない長い文を送ってきたり、反対に購入したばかりらしいスタンプをむやみやたらに連打してきたり、そういうメッセージを受信していると、文字化されると人のかわいさというのは際立ってくるなあと思ったりする。

母は、手をふりながらまたデモの集団へと帰っていく。

背中に視線を感じたのはその時のことだった。振り返って、その正体を探した。駅前に続くプラム通りの入口のほうから、誰かに見られている気がしたのだが、デモの周辺は人だかりができており、誰の視線なのかまではわからない。

けれど、そこにあった目がそっぽを向けば、怪しさはいやがうえにも増す。とりわけ、その人物の横顔が、一瞬自分自身に見えた場合は余計に。

4

その女性の髪は白銀色だった。服は真っ白なゴシック調のマキシ丈のワンピース。左耳には白い真珠のピアス、首には白いレースのチョーカー。カラーコンタクトによるものか、瞳も白銀色。唇にも白いリップが塗られているようだった。

そして、肌はそれらに劣らぬほど透（す）けるように白かった。

頭の先からつま先に至るまで、自分なら一生に一度もしないだろう白ずくめのファッションだが、横顔はあまりに自分に似ている。

目を凝らしてよく見ようとしたが、彼女はすぐにこちらに背を向け、プラム通りへ向けて歩き出していた。後ろ姿はどんどん遠ざかっていく。

プラム通りは所無随一の繁華街で、我が家とは正反対の方角だ。けれど、こんな不可思議な出来事を無視できるほど、自分の好奇心は衰弱していない。何はともあれ、すぐに彼女の後を追いかけた。

折も折、こちらは『ナンタケット島出身のアーサー・ゴードン・ピムの物語』を〈反美学の原点〉として解読する際のサブテキストとして「ウィリアム・ウィルソン」を読み込んでいるさなかでもあった。

「ウィリアム・ウィルソン」は、ドッペルゲンガーを扱ったポオの短篇。『ナンタケット島出身のアーサー・ゴードン・ピムの物語』——以下『ピム』と表記することもある——は短篇が主流のポオの中では最長の長篇小説と言っていい。冒険ありホラーありSFあり、と現代の娯楽小説に繋がる要素が網羅された一大娯楽作だ。

研究の出発点は、『ピム』の主人公、アーサー・ゴードン・ピムが物語のラストに遭遇する謎の存在〈テケリ・リ〉とは何なのかを解き明かすことにあった。それが、思いがけず現代芸術を読み解く重要なヒントになることに気づき、〈反美学の原点の書〉と措定した。その際に、「ウィリアム・ウィルソン」におけるドッペルゲンガー現象の解体が「ピム」の〈精神分析〉に役立つことになったのだ。

ドッペルゲンガーとは自分と相似形の人物が身近に現れる現象を指す。ドイツ語で、語源はハイネの詩にある。ほかにも影法師とか二重身とかホートスコピーとか、いろいろな名称で呼ばれる。

昔から、よく文学に頻出するイメージで、文学者の中にはゲーテのようにそれを記録している人もいれば、モーパッサンのように本当にドッペルゲンガーに苦しめられ精神を崩壊させていった人もいる。日本では芥川龍之介などもドッペルゲンガーを見たと証言している。それに、精神科には、もう一人の自分を見たと主張する患者は今も来院するらしい。それほど珍しい事例でもないのだろう。

なのに、どこかでそんなものは絵空事だと思っていた。ちょっと似ているだけの人を、大袈裟(おおげさ)に考えたのだろう、と。けれど、あの女性は——。

まさかね。打ち消すそばから鳥肌が立ってくる。

彼女の歩き方は非常に動きに無駄がない。姿勢のよさは、自分と同様、バレエを習っていたことをうかがわせる。

プラム通りを中ほどまで進んだところで、油断した。彼女がもう一度こちらを振りむくことを計算していなかったのだ。思いっきり彼女と目が合ってしまった。

すると、彼女は、あたかも彼女自身がドッペルゲンガーを見たかのように、凍りついたような表情になった。

そして、すぐに前を向くと、今度は突然駆けだした。

何も考えずに、こちらも彼女を追って走る。

なぜ逃げるの？　後ろめたいの？　何が？

彼女はさっきこちらの存在を知ったうえで見ていたのだろう。そうでなくては、いくら自分にそっくりの女がいたからといって、逃げるわけがない。

それとも、たまたま似た二人が居合わせてしまっただけ？

と、そこまで考えて、追いかける足を止めた。

もしたまたま似た顔の主が居合わせただけなら、自分のしていることは相手に恐怖を与えてしまうだろう。彼女は、もう一人の自分に追いかけられて震えあがっているのかも知れない。

単なる奇妙な巡り合わせ。きっとそうなのよ。深い意味はないんだわ。忘れよう。それがいい。

とはいえ、自分自身を納得させるのは苦手なほうだ。昔から、根が頑固なのか、気になってしまったことはいつまでも引きずる。そういう時は、ひとまずやるべきことに集中するに限る。

プラム通りを引き返し、家路を急いだ。

落ち着こう、そして忘れよう。

少し研究疲れしているのか。

空を見上げて、奇妙な感覚を抱いた。

よく晴れた青空に、うっすらと白い月が見えたからだ。

そう言えば、ハイネの詩の中では、月がドッペルゲンガーを見せていたっけ。

白い月。白ずくめの自分。

いつの間にか体温が奪われて、初夏にもかかわらず肌がひんやりとしていた。

どうやら、とても怖かったようだ。

天女幻視I　もう一人の付き人

絵に描いたような、とはまさにこのことだ。

市橋正雄は、自分の背後を歩く男女のことを考えていた。

彼らは、ゴシック絵画の中から飛び出してきたみたいに美しく、気品に満ち溢れている。

――長波間市役所の区画整理係担当者はどなたですか？

つい三十分ほど前、市役所にそう言って現れたのが、くだんの二人だった。黒いスーツ、白シャツを着たほっそりした背格好の男に対して、女のほうは孔雀の羽根のあしらわれた豪華なスラウチ・ハットを目深に被り、目元には白いヴェールが下がっていて優美な唇のかたちがわかるばかりだ。貴族趣味とでもいうべきデザインの白のワンピースが、全体の浮世離れした雰囲気をさらに高めている。

来月開園予定の〈長波間竹林公園〉のことで、現地を見ながら少し伺いたいことがある、という。わざわざ現地に行くこともなかろうとは思ったものの、市役所の使命と心得、二人を案内する役を買って出たのだった。

もっとも、ただの来訪者というだけであったなら、そこまでのもてなしはしなかった。市橋が案内する決断をしたのは、男を雑誌で見たことがあったからだ。

ごおおおっと風が吹く。

竹たちがゆさゆさと左右に揺れ、笹の葉がさらさらと内緒話を始める。

いま、三人は〈長波間竹林公園〉の目の前にいる。竹よりやや低い程度の、極めて威圧的な鉄柵。その柵の棒一本一本は直立ではなく、少しずつ左右に斜めに立てられている。それらばらばらなベクトルの棒が鉄のベルトで一つに繋がれた柵は、見ようによっては退廃的ともいえた。

「ええと、こちらがその、竹林公園ですが、お知りになりたいのは、この公園の設計者だそうで」

「というか、このゲートですね」

長い鉄の棒が無数に乱立した柵の中央に、羽衣をまとった女が天へ飛び立とうとする姿が彫られたゲートがある。周囲の雰囲気と相まって、女がどこか怨霊めいて見えるというのが市役所の面々の正直な感想だ。

「かなりグロテスクな雰囲気ですね」

「あはは……まあでも、荘厳じゃないですか。ここはもともとただの竹林だったんです。それを、二年前ですかね……全部伐採しようという計画が上がった際に、市長が専門家の意見を聞こうと、建築学の権威にお願いをしたんです。その結果、伐採はせずに、街並みと調和させて公園にしようと進言されまして。で、それならその公園化計画もその方にお願いしよう、と」

それから、市橋はさっきから聞きたくてうずうずしていたことを切り出した。

「あの、もしかしてあなたは大学教授の黒猫先生ではありませんか？」

「ええ、そうです。黒猫というのはもちろん本名ではないのですが」

美学の世界で若くして教授に抜擢(ばってき)された異例の存在。現在はパリでの客員教授を辞めて元の大学に戻ってきているようだ。

「その、お隣の方は……」

女性の雰囲気があまりに謎めいていたためにそう尋ねた。大学関係者とはとても思えない。

「付き人です」

黒猫ではなく、女性が答えた。初めて声を聞いた。清涼感のある声をしている。

「だそうです」

苦笑まじりに黒猫は付け加える。二人の雰囲気から、ただの職場仲間ではなさそうだということは察せられた。これはプライベートな旅行を兼ねているのだろうか。

「黒猫先生が我が市の公園にご興味をお持ちになるとは、たいへん光栄です」

だが、そんな市橋のおべっかを黒猫は聞いていないのか、ゲートばかり見上げている。

「なるほど、ホームページには大学建築美学チームと記載がありましたが」

何だ、すでにホームページを見てから来ているのか。

「そうなんです。T大学の方々にお願いをしました」

黒猫は「ふむ」とだけ言うと、ゲートを指で示した。

「あれは、羽衣伝説の天女像ですよね」

「よくご存じで。長波間市には羽衣伝説があるんですよ。天に飛び立てなくなった天女が、現地の男性とむすばれて子もできて幸せに暮らすのですが、羽衣が見つかって最後は天に飛び立ってしまう、という。まあこの手の伝説は日本各地にあるようではありますが……」

「長波間市の羽衣伝説は、竹林と関係があるのでしょうか？」

「それは……」

市橋は自分の不勉強を恥じた。たしかに羽衣伝説と竹林がどう結びつくのかはよくわからない。

「あ、でも、羽衣の隠し場所は花の中とか藪（やぶ）の中とか言われますからね。竹藪ということも考えられますし、おかしくはないでしょう」

「長波間市で羽衣伝説があるのは鏡見湖（かがみこ）付近でしょう？　竹林公園はそこからやや離れています。設計者の意図が知りたいのです」

「はあ……」

困ったことになった。

すると、「付き人」と名乗った女性が、黒猫の腕に抱きついた。

それで黒猫は、はたと気づいたように尋ねた。

「黒猫、言い方」

「あ、僕の言い方きつかったですか？」

「いや、大丈夫ですよ、はは……」

黒猫は軽く頷く。たぶん自分ではきつかったとは思っていないのだろうが、市橋としてはたじたじである。女性がいてくれて助かった。

「僕が知りたいのは、次の二点です。設計者は誰なのか、それから、羽衣伝説の天女をシンボルに用いたのはなぜなのか」

「ええと、最初の一点は、ですからT大学の研究チームが……」

「それは現在の、ですよね？　もともとはじめに企画した人は誰なんですか？」

市橋の脳裏には、計画書の最初にあった人物の名が浮かんでいたが、それを口にすることはできなかった。その名は本人の希望によって、口外しないよう言われているからだ。

「それは、申し上げることはできません」

その言葉で、黒猫は何かを察したようだった。

「なるほど。この天女には、秘密が隠されているわけだ。ますます興味が出てきましたね。では、市長に直接お会いできませんか？」

市橋は狼狽（ろうばい）した。こんなことで市長の手をわずらわせられない。

「勘弁していただけませんか？」

すると、付き人と名乗る女性が黒猫の腕を揺すった。恋人同然だ。

「ねえ、許してあげなさいよ。ほかのやり方があるわよ」

黒猫は面白くなさそうに顔を歪（ゆが）めはするが、かと言ってまとわりつく女性を振り払うわけでもなかった。

「わかりました、今日のところは引き揚げます。ご案内くださりありがとうございました」

思いのほかあっさりと黒猫は引き下がった。女性の言うことはよく聞くようだ。

と――油断した時、付き人と名乗る女性が市橋に言った。

「長波間市の市長はたしか、T大学ご出身でしたわね？　この仕事を大学に発注するに際して、市橋さんは一度は校友会を通しているはずだと思うのだけれど、違いますか？」

注意すべきは黒猫だけだと思っていた。たしかに市橋は、研究室へコンタクトをとる前に、地元のT大学OBの連合である校友会にコネクションを頼って連絡をとっている。

「はい、お察しの通りで」

ヴェールに隠れて表情はわからないが、優美な口元の笑みだけが、彼女がこのゲームを支配しつつあることを教えていた。

「校友会事務局の連絡先を教えてくださらない？」

黒猫のいない夜のディストピアⅡ　ハイエナ

1

一時間後、美学研究棟研究室のドアの前にいた。気分は相変わらず優れず、前の晩の酒量のせいか、胃もたれの自覚も鮮明になってきている。

美学研究棟研究室は博士研究員をはじめ、院生も出入りする共同研究室だ。個室が与えられているのは大学専任教授や准教授までで、助教も助手も客員教授もみんなここを利用する。通称は〈イチケン〉。

休日の〈イチケン〉が好きなのは、広いスペースを自分一人で独占できるからだ。

ところが、図書館で借りてきた本を両手で抱えながらドアの鍵を開けようとすると、すでに先客がいるらしく鍵がかかっていなかった。鍵の在処(ありか)は〈イチケン〉の表札の裏。それを知っているのは関係者だけ。

ドアノブを握って押し開くと、ぐいと内側からドアを引く者がいる。

「わっ！」

勢いで倒れそうになったのを、中にいた人物が支えた。微かな麝香の香り。次いで、高級素材のスーツの感触が頬に触れた。内ポケットにある刺繡からフランスの老舗ブランド、チフォネリ製だとわかる。

「不注意な子猫だな。君の目は服の中にでもしまってあるのか？」

男は縁なし眼鏡を指でくいっと押し上げつつ言うと、身体を離し、こちらに背を向けて書棚に向き合い始めた。

「す、すみません……」

緊張気味に謝罪を口にしてから、いやべつに自分は何も悪くないのでは、と気づく。おずおずと中に入って長机のうえに参考文献を置き、それとなく男性の顔を横から覗きみた。

高い知性を内に秘めた一重まぶたの目が印象的だった。一本たりと乱れのないオールバックと名のある職人に彫らせたように高い鼻、皮肉に満ちた口元の微笑は、優雅な英国の執事を思わせる。

「久々に来たが、叢書の品揃えの悪さは相変わらずだな」

「あの、どちら様ですか？」

「書棚の埃(ほこり)は毎日はらったほうがいい」

「……すみません」

こちらの対応に返事もせずに、男はそのまま部屋を出て行ってしまった。

見知らぬ顔だった。不審に思って廊下に顔を出すと、彼はエレベータに乗り込むところだった。

「君はいつも朝、髪を洗うのか？」

「え？」

「まあいい」

何がいいのだ。質問の意図がまったくわからない。ただ一つわかるのは、彼がいま瞬時にこちらの髪の匂いから、朝風呂に入ったと判別したということだ。

彼が立ち去ったあとも気になってしまった。あのわけ知り顔な様子、過去にこの研究室にいた人物だろうと見当はついた。鍵の在処も知っていた。そこで、すぐに唐草教授に連絡した。今日は休日だから自宅にいるはずだ。こういうことは研究室の歴史をもっともよく知る者に尋ねるのがいちばんいい。

「もしもし、唐草だ。どうかしたかね？」

ほどなく、コクのあるポタージュのような温かみのある声が電話口に出た。

「お休みの日に申し訳ありません。いま〈イチケン〉に来たんですが、先客がいまして……」

「ほう？」

唐草教授に男の特徴を説明すると、通話口の向こう側の空気が変わるのがわかった。

「どなたか、お心当たりはありませんか？」

「灰島浩平(はいじまこうへい)と言えば、君も名前くらいは知っているんじゃないか？」

その名前に、思わずゴクリと唾を飲み込んだ。

灰島浩平は、この大学の美学科にかつて所属していた天才らしい。けれど、あまりにも傍若無人(ぼうじゃくぶじん)な振る舞いで博士研究員の職を解かれた。一説には相当数のクレームが事務局に寄せられ、免職処分となったらしい。

いまだに学会には所属しており、姿は現さないものの毎年論文だけは掲載されている。その論文は、必ずその掲載誌の中でもっとも話題を集めることになる。彼が一度手をつけた研究には、ほかの研究者が新たな題材を見出す余地がほぼ残されていないことから、〈ハイエナ〉の異名をとるようになった、とも聞いている。

「元気そうだったかね？」

「ええ、元気そうではありました。どうして彼は研究室に現れたのでしょう？」

「私のメールに応じる気になったんだろう。もっとも、送ったのは二カ月も前だがね。ほら、君の今度の論文のテーマである〈反美学〉について、灰島クンの意見を仰ぐのがいちばんだろうと思ったんだ。彼はまさに反美学の観点から芸術史を再構築する、という試みをライフワークにしている」

まさか自分のために唐草教授が彼を呼び出したのだとは思わなかった。

「学会でも大学内でも完全にキワモノ扱いだが、君の今回の論文にもっとも貴重なアドバイスをもたらせるのは彼だ。彼はどの時代の芸術にも通じている。とりわけグロテスクの系譜にある芸術には」

美学の中でも、グロテスクの系譜にある芸術に造詣が深い者ならば、ポオ研究者としては話さない手はない。今回、〈反美学〉を語るうえで、〈グロテスク〉の概念はきわめて重要でもある。

しかし、あの男から自分が何かを聞き出せる自信はなかった。

「……だいぶ気難しいタイプの人に見えましたが」

「そのとおりだ。過去に、彼と揉めたり、彼に自信を喪失させられて立ち直れなくなったりした研究者もたくさんいる。彼とうまくやっているのは、今のところ私くらいさ」

「そんな人と私がコミュニケーションをとるんですか？」

電話の向こうで唐草教授が笑った。

「これは直感だが、彼は君のような人間を嫌わない」

「……でも、もう帰っちゃいました」

「居場所はわかってる。一度〈イチケン〉に顔を出したということは、君の質問を歓迎するということだ。君が今抱えている問題を彼に話してみたまえ」

ことはそれほど簡単なようには思われなかった。相手の手の内を知りながらわざと泳がせるようなタイプだ。

「彼はドーナツが好きでね、大学の裏手にある〈サーキュレ〉をこよなく愛している。間違いなく帰りにそこへ寄るはずだ。行ってみたまえ」

「はあ……でも……」

すると、唐草教授にこちらの臆する気持ちを悟られてしまったようだ。

「怖いのかね？」

「……行きます」

「幸運を祈る。いいかい、私は他人に無理を要求する人間ではない。ほかの院生なら、勧めない。君だから勧めた。いつも通りでいい」

「わかりました」

電話を切ると、少し迷ってから鞄を机に置いた。また戻ってくればいい。ひとまず、唐草教授の言うとおりにしてみよう。

2

これが大人になるということなのか。学生時代なら、憂鬱なことがあると、いやでいやで仕方なくなり、次の行動に移る前に、好きな本を読むとか、そういうプロセスが必要だった。

でも、最近は深呼吸一つで気持ちを切り替える。

我ながら強くなったものだ。それでも、心のどこかで黒猫にそばにいてほしいという気持ちがまったくないわけではなかった。もし喧嘩中でなければ、それこそすぐに電話をしていたかも。それくらいの依存性は、やはり今もある。

大学の緩やかなスロープを下り、戸山公園に向かって歩き出した。大学の裏側と簡単に言うけれど、広大な敷地ゆえに正門の右手に進むか左手に進むかは悩ましい。結局、喧噪を離れた左手のコースを選んだ。

くねくねとした細道を通って、大学の裏側へと進むこと三分、ようやく〈サーキュレ〉の看板が見えた。長らく大学に通っていながら、初めて見る店だった。かなり古びていて、店の看板の文字も辛うじて読める程度にまで薄れているが、ドーナツを象ったアーチ型の店構えが洒落ている。

軋む階段を上り、ドアを押し開くと、古臭いビッグバンド時代のジャズが流れてくる。店内は仄暗く、珈琲の深い香りと、ドーナツの甘やかな香りが調和していた。

その店のいちばん奥の小さな円卓に、灰島はいた。

彼はすぐにこちらに気づき、値踏みするみたいに全身をゆっくり眺めた。縁なし眼鏡の奥にある一重の瞳は、相変わらず冷たい。

勇気を振り絞って彼のテーブルに近づくと、空いている向かいの席を示して「相席してもよろしいでしょうか」と尋ねた。

「ほかの席を探せ。君の洗いたての髪にこびりついたシトラスの香りは、ドーナツの風味を楽しむ邪魔になる。あと、君の衣類から漂うラベンダー系の洗剤の匂いもな」

「お願いします。灰島先生とお話がしたいので。なるべく距離はとります」

灰島は目を瞑り、鼻を鳴らすと、向かいの席を示した。黙礼してから腰を下ろした。さっき言ったとおり、なるべくテーブルに近づき過ぎないように気をつける。ずいぶん鋭い嗅覚の持ち主だ。

「先に言っておくが、私は先生ではない。ただの研究者だ」

「では、灰島さんと呼びます」

「好きにしろ」彼は小さく鼻を鳴らすと、「語学は堪能なのか？」と尋ねた。

「それほどでは……」

「ギリシア語とラテン語は？」

「辞書があれば、読める程度です」

「ドイツ語、フランス語、イタリア語は？」

「フランス語と英語は、ある程度は話せると思います。イタリア語はダメです」

なぜこんなことをこの男に話さなくてはならないのかわからぬまま、答えられるだけ答えた。

「唐草は私に凡人を寄越したらしいな」

「……語学の情報だけで凡人かどうかを判断しようとする人こそ、凡人だとは思いませんか？」

こちらの反応を見た灰島は楽しそうに目を細めた。

「怒ると面構えが凜々しくなるな。だが、こと語学に関しては凡人だ。他に秀(ひい)でたところがあるなら、これから証明してもらおうか」

「あなたに証明するんですか？」

「唐草のオッサンは、この研究棟でいちばん優秀な博士研究員の論文について相談があると言っていた。『ナンタケット島出身のアーサー・ゴードン・ピムの物語』を反美学の原点として展開すると聞いて興味を引かれた。だが、唐草の言葉に嘘がないことを、君は証明しなくちゃならない。証明できるのか？」

「……私は研究の相談をしにきただけです。才能の証明をしにきたわけじゃありません」

「強気な眼差しだな。君は私からアドバイスをもらいたいのではないのか？」

「これ以上失礼な振る舞いが続くようでしたら、アドバイスは諦めます」

「潔(いさぎよ)いな。自分の品位を下げないことを知っている。いいぞ。君が気に入った。何より、私の興味の範疇(はんちゅう)にあるトピックでもある」

唐草教授が言っていたことを思い出す。ハイエナの研究テーマ。グロテスク。自分がそれについて知っていることは、まだわずかでしかない。果たして、対話を積み重ねることができるだろうか？

しかし、どんな厄介な者の口からでも、気になることが出てくると知りたくなるのは研究者の性(さが)というものらしい。

「私もドーナツを注文します。お話はそれから」

灰島は薄い唇をニッと歪め、「早く頼めよ」と言ってメニューを投げてよこした。

「注文を終えたところから、ゲームスタートだ」

店主に注文を伝えると、彼はすぐにそれらをトレイに載せ、カウンターからこちらへやってきた。そして、小さな声で商品名を伝えながらテーブルに商品を置いていった。頼んだのはオールドファッションドーナツと抹茶ドーナツ。いずれもシンプルなドーナツだが、出来に差のでる商品でもある。

オールドファッションドーナツのリングを小さく齧った。サクッとした歯ごたえ。けれど中はしっとりしていて、程よい甘さが口内を満たす。なるほど、これは確かに灰島が贔屓にするのもわかる味だ。

「ドーナツ、お好きなんですか？」

灰島の皿にはまだたっぷりとドーナツが盛られている。

「嫌いで食べると思うか？」

なぜいちいち険のある返しになるのだろう？

「脳下垂体がドーナツと相性がいいんだ」

「好き嫌いは脳の言いなりですか？」

「毒のある言い方だな。君は私をあまりよく思っていないらしい」

「そうですね。今のところは」

慎重に言葉を選ぶ。相手に背を向けず、不用意な攻撃もしない。噛みつきすぎれば、逆に痛い目をみる相手だ。灰島はくっくっと笑った。

「面白いな。凡庸ではあるが、その点は認めよう」

「さきほどの反美学について、もう少しお尋ねしてもいいですか？」

「向学心があるなら、凡人でも歓迎だ」

怒りはポケットにでもしまっておくことにする。

「私の認識では、反美学とはハル・フォスターが立てた概念ですが、その定義は明白にはされていなかったように思います」

ハル・フォスターはポストモダン以降の芸術を肯定するために、反美学の概念を打ち立てた。

けれど、では何をもって〈反美学〉と言っているのかは、彼の編んだ『反美学――ポストモダンの諸相』を読んでいても今一つピンとこない印象があった。恐らく、あの書自体は、危機から価値を創り出すプログラムとしての〈モダニズム〉と手を切り、近代を乗り越えるためにはどうすればいいのか、という明確な問題意識によって編纂されている。

〈反美学〉というワードは、とりもなおさず、その旗揚げとして有機的であったのだろう。だが、その具体性は語られなかった。あの時代において、モダンとポストモダンの反復運動のさなかに明後日のベクトルを示すことなどできないし、それができていたら、モダニズム回帰が叫ばれて久しい現状のような芸術の停滞は起こっていないはずだ。

「あれは〈反美学〉の契機の本ではあっても、〈反美学〉の理論書ではないからね。いまのところ、〈反美学〉の理論書、すなわち反美学入門にあたるものを書いた学者は皆無だ。それは、ハル・フォスターの思想が袋小路だったからじゃない。現代のモダニズム回帰がナショナリズムと同時に進行したことで、牙を抜かれたんだ」

ドーナツ屋でする話題ではないが、そんなことを気にする相手でもない。オールドファッションドーナツを食べ終え、その下にある抹茶ドーナツに手を伸ばした。

灰島は答えながらココナツミルクドーナツに手を伸ばす。こちらにまでココナツの香りが濃密に漂ってくる。ああこのドーナツも美味しそう。胃がもう少し元気な状態ならこれも頼めたのに。そんなことをぼんやりと考える。

「君はマジョリティを獲得したセンスを国家が利用しない理由があると思うか？」

「それは――」

もしもモダニズムが公的な文化になったのなら、当然その様式に則(のっと)って改革を打ち立てれば、多くの支持を集めることになるだろう。

この国に限らず、モダニズムが世界を席巻したことは、結果として多くの国でナショナリズムを引き起こす引き金になったかも知れない。

「つまり、文化や芸術のセンスは、マジョリティを獲得するものであってはならなかったんですね。それがマジョリティを獲得した時、同時にナショナリズムも誘発する……」

「君が致命的な馬鹿でなくてよかった」

灰島はドーナツの合間に珈琲カップを指先で軽くつまんで持ち、エスプレッソを飲む。ほんの少し舌を湿らせる程度の短い時間だった。彼はすぐにカップを置き、言葉を続けた。

「対するポストモダニズムは、モダニズムの脱構築という発想から生まれた。モダニズムの形式の数だけ、ポストモダニズムは存在することになるだろう。それは、啓蒙的な存在となったモダニズムへの反抗という以上の意味を持たず、結果として世界はポストモダニズムを一時的な風邪か何かだったかのように扱い、ふたたびモダニズムに回帰した。言うなれば、モダニズムは科学や技術、経済といった近代の進化を信仰することで生まれた〈時代の与党〉だ。対して、ポストモダニズムはモダニズムの内的進化の停滞への反省を促すために生まれた〈時代の野党〉。そして、世界はふたたび〈時代の与党〉へ回帰する。回帰といえば言葉はいいが、大いなる挫折だ」

〈時代の野党〉という言葉は言い得て妙ではある。たしかに、ポストモダニズムは一時的にもてはやされた。現在もその潮流はあるとはいえ、微弱になり、〈時代の与党〉たるモダニズムに圧されている感が否めない。けれど、すべての理屈に納得したわけではなかった。

「そんな深刻なことでしょうか？　きっとルネサンス期にだって、〈ポストルネサンス〉的な小さな反動が繰り返しあったんじゃないでしょうか？　〈野党〉の挫折がそれほど大袈裟な事態になるとも思えないんですが……」

「存外冷めているんだな」

灰島はさも感心したふうを装っているが、単なるポーズだろう。こちらはそんな言葉に一喜一憂しないように精神的に距離を置く。

「なるほど二百年単位で考えれば、ポストモダニズムは小さな山だが、それはモダニズムの寿命という観点から見た場合の話だ。ポストモダニズムに関していえば、やはりそれは挫折でしかない。なぜなら、次の抵抗勢力となり得るのは、ポストモダニズムではあり得ないからだ。それは効かなかったワクチンだからね」

「効かなかったワクチン……」

「ポストモダニズムから素晴らしい芸術は数え切れぬほど登場した。だが、それらをもってしても、モダニズムの築いた太い幹を揺るがすことはできなかった。だからこそ、いま必要なのは〈反美学〉になるんだ。美学自体の脱構築とでも言えばいいだろうか」

「つまり、ハル・フォスターの提唱を一歩でも二歩でも推し進めるということですね？」

「そうだ。だが、言うほど簡単ではない。世界は新しいものには背を向ける。つねに隣接記号を、あるいは解釈項を必要としている。もっとも手っ取り早いのは、歴史化することだ」

「歴史化……それはどうやってやるのでしょう？」

「自分の頭を使え。君もまさにそれを行なおうとしてるんじゃないのか？」

「あ……」

無自覚であったことがひどく恥ずかしく思われた。ポオの『ナンタケット島出身のアーサー・ゴードン・ピムの物語』を〈反美学〉の原点に置くということは、〈反美学〉を歴史化しようという試みになっているではないか。

「君は真面目な研究者なんだろうが、そういう部分が天然なようだな。歴史はつねに未来の人間によって修正される。広く言えば、我々はみな歴史修正主義者だ。そして、〈反美学〉ということを考えたときに、私は二人の重要な人物を同時に思い浮かべる。一人は、シャルル・ボードレール、もう一人はエドガー・アラン・ポオだ」

すが？」

「ボードレールはどちらかと言えばモダニズムの源流として見られることが多い気がしま

「たしかに、ボードレールはモダニズムの潮流の前にあったロマン主義とリアリズムという二つの潮流の傾向を巧みに取り入れながら、それを極めて実用的な形でまとめあげた点で、モダニズムへの先鞭をつけたと言えるだろう。だが、他方見落としてはならないのは、ボードレールは衝撃的なものや、グロテスク、醜を近代芸術の構成要素としていたことだ。

　ボードレールがそういった近代芸術の構成要素を措定したのは、海の向こうで活躍するエドガー・アラン・ポオの詩や小説を訳した体験を経てだった。モダニズムは、〈ポオ－ボードレール〉という芸術コミュニケーションの文脈において規定された近代芸術のプログラムの中から、故意に啓蒙的な部分だけを切り取った。

　つまり、その過程でグロテスクや醜といった概念を影へと追い込んだのだ。だが、モダニズムのその後の膨張はどうだろうね。このいびつで、国家の陰謀さえ手軽に装飾してしまえる概念こそが、白い影なんじゃないか？」

「白い、影……」

　その言葉を聞いた瞬間、自分の頭に浮かんだのは、プラム通りの雑踏を進む、自分によく似た女の背中だった。

陽光を浴びて、白銀の髪や白のカラーコンタクトは白のゴシック調ワンピースと同化して輝き、真っ白なシルエットとなっていた。

まさにそれは、白い影みたいなものだった。

「……つまり、〈反美学〉の契機もまた〈ポオ－ボードレール〉のコミュニケーションの中にあった、と。でも、いまの話を聞いていると、〈反美学〉とは、単に規範的美から漏れた過激なものやグロテスクなもの、醜そのものを指すように聞こえますが？ もしそうだとしたら、それらに我々の感性が傾倒することがない以上、〈反美学〉の旗揚げに意味はないのではないでしょうか？」

美の現状を批判するために、醜を美とするような倒錯には、それこそ現状の美への反省を促す以上の意味はもたらされないのではないか。

だが、灰島はかぶりを振った。

「醜を美とするのが反美学ではない。美を脱構築するのだ。グロテスクも醜も、そのための手がかりにすぎない。無論、現在美の領域にある芸術を安易に排除するものでもない。〈反美学〉は〈美に抗(あらが)う〉のではなく、〈美学に抗うプログラム〉となるべきだ。したがって、現在グロテスクや醜の文脈で語られているものの、リ・カテゴライズや再定義化が必要となる。あらゆる概念をふたたび疑うんだよ」

「リ・カテゴライズや再定義化によって花の美しさが変わるでしょうか？」

「花の美しさは変わらない。だが、たとえば、美学の文脈では花の美しさは自然美としてカテゴライズされてきたが、〈反美学〉の中では、花の美しさは自然美には含まれないだろう。なぜなら、人は原初的体験において、自然美と人工美とを区分しない。その意味で、我々はいま改めて生まれたての状態で美を再考する必要に駆られている。反美学が要請するのは、モダニズムを打ち砕くリ・エキゾチズムかも知れない」

　現代の世界全体を、憧憬を込めて異国を眺める時のように捉え直すリ・エキゾチズム……その考え方には黒猫も同意するのではないかと思われた。実際のところ二人の思想には共鳴し合う部分が多分にある気がする。

「あるいは、都市を例にとってみてもいい」

「都市を？」

「日本の街並みはどこをとっても電線がむき出しで、派手に赤や黄色を組み合わせた看板がビルごとに目立つ。二十世紀後半から二十一世紀にかけて、そうした景観は醜(みにく)い景観というレッテルを貼られるに至った。君は東京の街並みが醜悪だと思うか？」

　個人の感情としては、電線が交差する街並みが好きだった。電柱が至るところに立ち並ぶ小道も、エアコンの室外機やプロパンガスボンベがむき出しの路地裏も好きだ。

「二十世紀末まではそれでよかった。なぜなら、国家は美に対してあまりに無頓着であり過ぎた。しかし、いったん国家が美を都市改革の支柱に持ってくるとどうだ。それまで名だたる建築家や美学者たちが口を揃えて言ってきたモダニズム思想を支柱とする〈美しい街並み〉という概念が、いかに空疎なものだったのかが明らかになりつつある」

「つまり、国家がモダニズムを都市改革の支柱としたときに、モダニズムの役割は終わったということですね……」

「マジョリティの獲得は様式の停滞でしかなく、そこにもはや美は宿らない。それだけモダニズムが一般大衆の精神を、それこそセンスを麻痺させてしまったわけだ。そこで君に尋ねよう。これからの都市にセンスは必要なのか？　そのセンスは誰がもたらすんだ？」

センス。感性。美学が自明のものとして規定してきたもの。だが、そのセンスは誰がもたらすものか、という観点で考えたことがなかった。

「それは――」

「都市は、誰のものなのかね？」

言うまでもなく、そこに暮らす人たちのものだ。

「それはそこに暮らす人たちの……」

「正解だ。都市はそこに暮らす人たちのもの。たとえば、新宿や池袋を歩くと、三歩歩けば消費者金融やパチンコ店の電子看板みたいなものに出会うことになる。それらは景観の調和を乱すものだが、そこに必要とされ、大々的に広告することが必要とされてもいる。調和を乱しているが、ナンセンスではない。意味（センス）の塊だ。では、この街並みは〈センスがある〉のか、それともやはり〈センスがない〉のか。どっちだ？」

さっき自分は都市はそこに暮らす人のものだと答えた。そこに暮らす人にとって〈意味（センス）がある〉と感じられるのなら、それはセンスのある街並みなのではないか。

さっきまで明確に区分されていたはずの意味が、自分のなかでわからなくなる。果たして看板だらけの街は〈センスがない〉のか〈センスがある〉のか。

「その土地に住む人にとってはセンスがあり、対外的にはセンスがないのではないでしょうか？」

「ふふ。本当か？　では、対外的には新宿の街並みは汚い？」

「千人いれば千人の感じ方があるのでは？」

「なるほど、千人いれば千人の美があり、千人の醜がある。いちがいにセンスのあるなしでも括ることはできない。だが、モダニズムからも復古的なジャポニズムからも逃れ、美学を脱構築した後に新宿を見た者はそこに何を思う？」

気づいた。いま、灰島はさっきと同じ質問をべつの角度から繰り返している。それは、自分にもう一度丁寧なパスを送っているようなもの。彼はこちらを試しているのだ。

緊張が走る。が、悪くない緊張感だった。

いつの間にか、灰島との対話に夢中になっている自分がいた。もっと彼から何かを引き出したい。

「別世界のことは答えられません。その状況になってみないと。でも、都市にも記憶があります。その記憶を損なうような建物には配慮はあってしかるべきではないでしょうか？」

「反対に聞くが、調和を乱した断続的な景観は都市の記憶を遮断するのだろうか？　私は調和におもねっただけの都市に生命力を感じないが」

「生命力が〈反美学〉における重要なイデーとなるのですか？」

「ある意味では、そうだ。生命力という観点は、取り繕（つくろ）われた美学に風穴を開け、〈反美学〉を新たな地平へと導く。生命力の観点から美を再考する時、モダニズムは超克され、美の概念が更新されるだろう」

「たとえ、それがＡＩが描いた絵画のようなものでも？」

「もちろんだ。ＡＩの芸術が人間の芸術より機能すれば、それはまったく問題がない」

その言葉を聞いた瞬間、血の気が引いた。無意識のうちに、人工知能と人間の関係に、ドッペルゲンガーと自分の関係を対比させたのだ。

「どうした？　顔色がよくないようだ」

「あ、いえ……」

「自分の影にでも遭遇したような顔をしている。何があったのか、話してみたまえ。〈反美学〉の講義は本日はこれまで。それよりも、君の内なる悩みを片づけるのが先決のようだ」

灰島の話し方には無駄がない。単刀直入に、一瞬の隙をついてこちらの心の内側にまで入り込んでくる。

「灰島さんに話すんですか？」

戸惑った。今朝の出来事は、ごく個人的な体験に過ぎないからだ。

「それよりポオの話でも……」

「いや、君の話が先だ。さもなくば、ドーナツを食べて帰るがいい」

灰島はそう言いながら、慈しむようにドーナツを食べる。その姿だけは、不思議と威圧感もなく、かわいらしく感じられた。

気づかれないようにそっと溜息をつくと、灰島に話すために、今朝の記憶をもう一度整理した。

「じつは、今日の午前中の出来事なのですが……」

3

「二重身、あるいはドッペルゲンガーだな」

自分が無意識にその言葉を当て嵌めないようにしていたのに、灰島はその言葉を平然と口にした。

自分の中にあった不安でも、他人に言われると否定したくなる。ドッペルゲンガーという言葉は、あまりに不吉な色合いを帯びている。

「でも、これは現実です。夢の話ではありません」

「症例としても昔からある。芸術家にも、街中で自分を見かけた体験をもつ者は大勢いる。私にも経験がある。知人が午前中にデパートで私を目撃したと言うんだ。だが、その時私は自宅にいた。デパートにいるわけはない」

「人が誰かを見間違うことはよくあると思います。でも、私は自分自身に似た人をこの目で見てしまったんです」

「同じことだ。自分の外見についていちばんわかっていないのが自分だよ。鏡では見慣れていても、自分の横顔や後ろ姿は知らないものだ。それに、鏡で見ているのは、左右反転の自分であって、人から見た自分ではない。君の知り合いが正しい君を知っているのに対して、君だけが鏡の中の君しか知らないわけだ。どうだ？　これでも、他人が君のそっくりに出会う体験よりも、自分の体験が信憑性が高いと言い張れるのか？」

生身の自分を客観的に見たことがないという点では、自分は自分の周囲の人間より自分を知らないのかも知れない。

そういう考え方をしたことはなかった。

「私はべつに自分を見たとは思っていません。ただ、私にあまりによく似ていたから……」

「その『似ていた』の信憑性が、君の周りの人間より低いと言っているんだ。〈似ている〉が客観的現実となるには、君以外の人が目撃する必要がある。だが、まあそれはいい。仮に、君の言う通り、そっくりだったとしよう。それの何が問題なんだ？」

「え……」

「人間のパーツなんて、組み合わせ方は有限だ。とりわけ同じ人種の場合、時には似通った顔が極めて近い世界に存在してしまうといったことも起こり得るだろう。だが、君は君に起こった二重身という現象を、そのように簡単には割り切れずにいるらしい。なぜだろう？　自分そっくりであること以上に、その〈そっくり〉の中にある違和感が問題なのではないか？」

「言っている意味がわかりません」

「さっき君は言ったな。白銀色の髪に、白のカラーコンタクト、白いリップ、白いゴシック調のワンピース、白い真珠のピアス、白いチョーカー――といったファッションの女性だった、と。大量の情報を瞬時に記憶したのは、それだけそれがいびつだったからだ。もしも君とよく似た平凡な服装をした君そっくりの女がいたのなら、君は記憶にすら留めなかったかも知れない。そんな偶然は、ありふれてはいないが、ままあることだからだ。しかし、君は君によく似た人間を目にしたとき、一瞬その風景全体を普段なら鏡を通して見るはずの〈自分のいる風景〉として捉えてしまったはずだ」

「自分のいる風景……」

恐らく、灰島が言っている〈風景〉とは、発見される風景という意味だろう。風景の発見は、近代的自我の目覚めと密接に関係している。たとえば、田舎の町で写真を構えようとするのは、旅行者には普通のことでも、現地人にとっては異様な行為だ。現地の人にとっては、それらは日常であり〈風景〉ではあり得ない。

その文脈で言えば、自分に似た女性を見つけた時、脳のどこかでは、それを鏡に映った自分のいる風景と認識し、白で固められたファッションを見て、初めてそれを異物と見做したのだ。

「君は、自分に似た顔をした女性が、自分がしそうにないファッションをしていたことに嫌悪感を抱いた。その強烈な印象のために、顔や容姿全体のぼんやりと〈似ている〉という印象が補強されて〈そっくり〉に進化してしまったのだ。その女性が君自身の抑圧している自我を体現した存在だったから」

「そんなことは……ないと思います」

答えながらも、だんだん、あの時の自分の気持ちが曖昧になってきていた。

あの瞬間は、ただ怖かった。

彼女が自分に似ていたからか、灰島が言うように似ているのに異質な服装だったからか……。

「君はどうやらまだ納得していないらしいな。では、君が見たというそのそっくりな女性の、君にそっくりとされる要素、違う部分をここに紙に書いてみようか」

灰島はポケットから万年筆を取り出し、テーブル脇に置かれたペーパーを一枚とって書き始めた。

・そっくりな部分
顔、スタイル
・似ていない部分
白銀の髪、白銀の瞳、白い真珠のピアス、白のチョーカー、ゴシック調のワンピース

そのメモを見て、灰島は「ふむ」と呟いた。まるでその何気ないメモから、さまざまな情報を読み取ったとでも言わんばかりに。

「確認したいのだが、顔の構成要素がすべて似ていたのか？　それとも、全体の醸し出す雰囲気が似ていた？」

「全体です。パーツとパーツは実際どうなのかはわかりません。ただ、遠目から受ける印象だとか、そういったものが、かなり似通っていたように思うんです」

灰島は何度か頷いた後で続ける。

「我々の脳には顔を見分ける領域がある。そこからの情報が辺縁系に送られ、特定の顔に対する感情の情報を引き出す。ある人物に会った瞬間に嬉しかったり、不快に感じたりするのは、辺縁系に送られた情報が読み込まれ、感情の発生を促されるためだ。

恐らく、君の脳はその女性の顔の要素からそれが自分の顔だと自動的に見分けたために、鏡を見たときに抱くべき感情が辺縁系に送られてしまったのだ。ところが、ここで混乱が起こる。衣類や身につけているものが、異質だからだ」

認識に対する常識がぐらりと揺らぐ。「私」の感覚と思っているものも、脳の指令や混乱の結果に過ぎないのか。

「一つ尋ねたい。白という色に、君は拒否反応を示すことがあるか？」

「白に？　いえ、ありません。ブラウスでもTシャツでも、ワンピースでも、白は持っています」

「だが、それらはゴシック調ではない？」

「……そうですね」

「ならば、白という色がゴシックという様式と結びついたことで、君の琴線に触れてしまった可能性はあるだろう。自分の趣向にないファッションを見た時に引き出される感情の情報と、鏡で自分を見た時に引き出される感情の情報が混ざって混乱したんだ。ゴシックと言えば、通常黒がもっとも浮かびやすい。それが、正反対の白であったことで、違和感を抱いたということもなくはない。だが、この二つが君にとってはもっと特異な意味を持っていたのではないかな」

「私にとって白のゴシックファッションに特別な意味がある、と？」

『ナンタケット島出身のアーサー・ゴードン・ピムの物語』。このテクストには後半に白を恐れる南極海ツァラル島の種族が出てくる。そして、彼らの陰謀から逃げ、南極点に向かうピムたちの前に水蒸気の山脈が現れる。その裂け目から青白い鳥たちがテケリ・リと鳴きながら飛びだしてくる。同じ裂け目から現れたのは、真っ白な人間のような何か——彼らの恐れる〈白〉の正体だ」

たしかに白のイメージの源泉を辿れば、自分が研究対象に選んだ、偏愛する作家エドガー・アラン・ポオの小説の世界につながるという理屈はわかる。

けれど——。

「ポオはゴシック小説の書き手だ。ゴシック、白というイメージ網で、君は鳥たちに〈テケリ・リ〉と囁(ささや)かれる白い〈人間のようなもの〉への畏怖(いふ)心を想起する。それが自分とよく似た女性と重ね合わされたことで、恐怖心が増長され、自分はドッペルゲンガーを見た、という恐怖体験の型に嵌めて考えてしまったんだ。何てことはない。実際には、君みたいによく整った顔をした女性は、数は少なくとも珍しくもない。そして、数年前からファッション業界にゴシックブームは到来している」

灰島は証明の終わりを告げるように、ドーナツを手にとった。最後の一つのドーナツは、キイチゴとチョコレートのドーナツだった。実が表に見えるほどぎっしり入っているので、かじるだけで形が崩れるのではと思われたが、灰島はそれを器用に腹に収めた。

こちらは、論理の豪雨を浴びて疲弊しきっていることを隠すように、ゆっくりと息を吐き出した。

4

「以上で、ドッペルゲンガーを見た、という君の現象は解決した。ところが、君はいまだに心のどこかで〈もう一人の自分を見た〉と思っている」

「思っていません」

「思ってるさ。思ってなかったらそんな青い顔はしていない」

痛いところを突かれた。いくら似ていただけと思っても、無意識のうちに自分を見た、という感覚が根付いていることは否めない。

「裏を返せば、君の中に抑圧された自我があるということだ」

「……そんなもの、私にはありません」

本当だろうか。

自分の胸に問いかけてみる。

本当に自分には抑圧された自我はないのだろうか？

「正直になるべきだ。君は己の内側にまったくべつの自分を持っている。たとえば、男を自分から誘惑したことはあるか？」

「……何が仰りたいんですか？」

「下世話な会話をしたいわけではない。重要なことだ。君に現在あるいは過去に恋人がいる、またはいたと仮定して、その人物にそばにいてほしいとか、何か要求をしたことがあるのか？」

「あなたには何も関係が……」

「君の抱えている問題を解決するために必要な質問なんだよ」

「……ありません」

デートをしようとか、泊まりたいとか、自分から切り出したことは、皆無だった。取り立てて我慢しているつもりもない。いつも自然な流れに任せている。

その下に隠し持った欲求なんて――。

そう考えて、はたと昨夜のことを思い出す。何か黒猫に甘えようとして空回ったという感触だけが残っている。

「先程、二重身を見る人が多いという話をしたね。それこそ夢の中の二重身は、日頃自分がしないような行動をとる。それは、往々にして抑圧された自我の解放運動なんだよ」

そうなのだろうか……。

脳裏に一枚の絵が浮かぶ。あれはたしか、ルネ・マグリットの、色彩をきわめて抑えた絵画。黒いスーツの男が鏡に向かって立っているが、鏡の中の彼もまた彼に背を向けている。

そのタイトルが、浮かびかけては消える。

「《複製禁止》」

「え……」

驚いたなんてものではない。まさにいま自分のなかで言語化されずにもどかしかったことに、かたちが提示されたのだから。

「君がいま考えていた絵画のタイトルだ。われわれは皆いつでも君を後ろから、真横から眺めることができる。だが、君にはそれができない。私は君よりも君を知っている」

灰島はそこでにこりと微笑んだ。

相手を完全に支配したと確信しているような笑みだった。

もしかしたら、彼の言うとおり、自分には抑圧された自我があるのだろうか？　そして、それが現実の現象に結びつき、ドッペルゲンガー現象を生んだ？

そこで電話が鳴った。ドクター二年目の後輩、戸影からだった。以前より足繁く研究棟に通うようになっているが、むらっ気があるのが難点である。

『〈イチケン〉に先輩の鞄が置いてあるんですけど、忘れてるわけじゃないですよね？』

〈イチケン〉から電話をかけてきているようだ。

「これからそっちに戻るわ」

『あ、そうなんですね。わーい』

戸影は無邪気に喜んだ。修士課程の頃からかわいがっている弟のような存在だ。最近は少し筋トレに励み過ぎて、ややシャツの中の筋肉が目立ち始めている気がしないでもない。

電話を切ると、灰島はもうこちらの存在が消えたとでもいうように書物に目を向けていた。彼が読んでいるのは、フランス語版のユイスマンス『さかしま』だった。

「そろそろ失礼します……。でも、その前に本題に入らせていただけますか？」

「『ナンタケット島出身のアーサー・ゴードン・ピムの物語』を〈反美学〉の原点として読み解く際のポイントを私に示せ、とでも？」

「灰島さんなら、どう読み解きますか？」

「私なら、ピムという語に注目するね。あのテクストは、〈反美学〉の理論書のごとく展開する。タイトルにあるように、それは徹頭徹尾アーサー・ゴードン・ピムについてのテクストなのだ」

「すでに前例のある精神分析的な解釈でしょうか？」

あのテクスト全体をアーサー・ゴードン・ピムの内的世界として精神分析的に展開する論文はすでにあったはず。だが、灰島は首を横に振った。

「そうではない。テクスト全体が〈反美学〉の精神分析の予言書として機能している。ピムは、それを体現する存在に過ぎない。そこでは君の体験したドッペルゲンガーこそが重要なキーとなる。ある意味、君にはうってつけの研究なわけだ」

灰島はそこでこちらを皮肉るような笑みを口元に浮かべる。

「いかなる偶然にも必然がある。事象を精査しろ。ドッペルゲンガーという現象を、オブジェとして捉えてみるんだ」

「オブジェとして……？　それはどういう……」

「これ以上のヒントはカンニングというんだ。君はそこまで愚かな学者ではないはずだ。自分の頭で考えたら、答え合わせはしてやる」

「またここへ来ればいいのでしょうか？」

「私はそんな暇じゃない。そうだな、明日なら赤坂で開かれる〈グロテスク装飾展〉に行くつもりだ。監修に関わった企画でね。君が必死に答えを求めているのなら、その後に時間を作ってやってもいい。ただし、展覧会後の私にはそれ相応のドーナツが必要だが」

灰島はタイムアウトを告げるように手をパンと叩いて立ち上がった。〈グロテスク装飾展〉自体はかねてより興味を持っていた企画だった。まさかその監修を彼が担当していたとは知らなかったけれど。

「講義終了。幸運を祈る」

催眠を解かれたような、あるいは、また新たな催眠をかけられたような、不思議な感覚が身体をいつまでも支配していた。

その感覚は、〈サーキュレ〉を出た後も続いたのだった。

黒猫のいない夜のディストピアⅢ　二重身（ドッペルゲンガー）

1

「え、あ、あのハイエナ……じゃなくて灰島先生に会ってきたんですか？　え、今ですよね？」

戸影の声は完全に裏返っていた。

こちらはその大きなリアクションに応えられるほどの元気もなく、「そうだよ」と淡々と返すに留めた。

〈イチケン〉にいるのは我々二人だけ。窓の外では、雲がゆっくりと動き出し、青空を消して白と灰色のあわいを彷徨（さまよ）い始めている。

「ちょっとの時間だけどね」

「殺されませんでした？」

「生きてるでしょ？」

戸影はこちらをしげしげと見て、それから二の腕をつまんできた。

「それセクハラ」

慌てて戸影は二の腕からさっと手を離すと、頬を赤くした。今日の戸影は黒地にラメでアゲハ蝶が描かれたＴシャツにデニムという軽装である。引き締まった筋肉が半袖の中で窮屈そうにしている。

「たしかに生きてますね……」

「戸影クンまで灰島さんの存在を知っているのね」

「そりゃあもちろんです。ハイエ……灰島先生の理屈によれば、美学は過去のものとなり、いまや哲学の中心に据えられるべきは〈グロテスクの美学〉なのだ、という考え方も納得できはします。けれど、それは結局のところ、人間の美的感性の変遷を無視しているだけの乱暴な理屈に思えますね。テクノロジーによって、人間の感性は単純に美を感じることはできなくなっているのかも知れませんが、その複雑性もまた美ですよ」

戸影も美学者の端くれとして、かなりあれこれ考察をしているようだ。

「よく考察しているけれど、未熟ね」

「な……」

戸影は言葉に詰まると、落ち着きなく人差し指を中指に無意識で絡める癖がある。今もやっぱりそうだった。

「彼の研究対象である〈グロテスクの美学〉は、あくまで従来の美学を反省的に考察して脱構築するのが目的だと思う」

「まさかあの灰島先生が先輩にレクチャーを……？」

「レクチャーというほどじゃないよ。でも、みんなが思ってるほど頭のおかしな人ではないのはたしかね」

「……先輩、まさか灰島先生の毒牙に……！」

「そんなわけないでしょ」

そう答えつつ、何を毒牙というかによるかも知れない、とも思った。戸影の言う意味でなら、ノー。でも、たしかに今日、灰島はいくつもの心の垣根を一気に乗り越えようとしてきた。ある意味で見えない毒牙にかけられたともいえる。

「馬鹿なこと言ってないで、ほら、仕事をしなさい」

休日に研究室に来ているのだから、何か用事があるのだろう。そう思って行動を促したのだが、戸影は仕事を始めようとしない。

「先輩、じつは昨日、新宿の古着屋で買い物してたんですよ。そうしたら、その建物のとなりにある病院から先輩が出てくるところを見ちゃったんです。その後、駅の辺りで見失ったんですけど……」

耳を疑った。

「ん？　待って待って。私、昨日は新宿なんか行ってないよ？　大学を出てその後は――」

「その後は？」

黒猫と一緒だった、とは言えず口をつぐむ。

「……やっぱり何か隠してるんじゃないですか？　とぼけないでくださいよ」

「いや、本当に」

すると、戸影は顔を近づけて小声になった。

「何か知られたくない病気とかですか？　大丈夫ですよ、僕、秘密は絶対守るほうですし」

「『守るほう』とか言う人は信用できないけど、本当に行ってないの。人違い」

まだ戸影は疑わしそうな顔をしている。

「まあいいですけど」

いや全然よくない。信じてないでしょ、君。

「そんなわけでずっと心配してたんですけど、今日研究室に来たら先輩の荷物があったんで直接聞こうと思って……ところが、こちらの心配をよそに、先輩は好奇心旺盛にも灰島先生とお茶をしていた、と」

「……本当に私だった？　服装、見たことあるやつ？」

「え、服装は……見慣れない感じでしたかね。よく覚えてないですけど、白っぽかったかな、全身……」

「全身……ゴシック調じゃなかった？　髪は？」

「頭は帽子をかぶってたんで見えなかったですし、服装は……んん、遠目なのではっきりとは……本当に白っぽかったってことだけで」

「ほかに特徴は？」

「んん、そう言えばピアスか何かしてたかな……。耳の辺りが白く光ってたのが印象的だった気はしますね。あと、首にも何か白いのを巻いてたような気も……」

嫌な予感がした。まさかね、そんなわけがない、と思いつつも、どこかではもしかして、とも思っている。あの時の、体温を根こそぎ奪われるような恐怖がよみがえる。

「先輩、顔、青いですよ？　重い病なんですか？　言ってください。僕が死ぬまで先輩を支えます！」

戸影はこちらの両手をぎゅっと摑んだ。

「あの、手を離してくれたら話すから。ね？」

やれやれ。こんな個人的なことを戸影に話す羽目になるとは。今日は何かがおかしい。

いつもならとらないような行動をとっている。

今頃、黒猫は滋賀で実地調査に乗り出している頃だろうか。

灰島の言葉を思い出した。

——君に現在あるいは過去に恋人がいる、またはいたと仮定して、その人物にそばにいてほしいとか、何か要求をしたことがあるのか？

大きなお世話だ、と思った。けれど、その問いが今になって自分に突きつけられている。

会いたい。

その感情をまっすぐにぶつけたことがあっただろうか？

たとえば、今のような心細い気持ちになっている時に。

2

こちらの話を聞いた後、戸影は「なるほど」と名探偵でも気取るように言った。

「先輩のそっくりさんか……じゃあ僕が見たのもその人なのかも知れない」

「でも君の情報は曖昧すぎて特定には至らないと思う」

「いや、でも先輩かな、と思ったのは確かですし。あのそっくりさん、彼氏いるのかな……」

「そこなの？」

「重要ですよ。先輩には黒猫先生という先約がいて手も足も出ませんからね。こうなると、こちらは〈のようなもの〉でもいいから手に入れたい気持ちになります」

「外見だけに固執するとか失礼でしょ」

「外見で好かれてると思ってるんですか！」

「そ、そうじゃないけど、そういう意味になるでしょってこと」

「む……あ、そうか。そうですね。いや、決して先輩の外見に惚れてるとかじゃないんですよ。内面と外見のファンタスティックな融合といいますか……」

「もうその話はいいから！」

どんどん脱線していく戸影の語りを中断させた。

「それにしても、ハイエナの言っていることは気になりますね」

「灰島さんって言いなさいよ。失礼よ、目上の研究者をつかまえて渾名で呼ぶなんて」

たとえあんな無礼の塊のような輩でも、先輩である以上、一定の礼を尽くすべきだろう。

「だって僕は灰島先生のこと、直接知りませんからね」

「そうだけど」

「それに、半分は畏敬の念もこめて呼んでる渾名ですから。僕もいくつか彼の論文は読んでいます。あの人の論文はなんていうか、背筋が伸びますよね。身が引き締まるというか」

戸影は勉強熱心だ。単に自分の研究分野だけでなく、幅広い論文から自分に足りないものを補おうとしている。ハングリー精神では、戸影には負けているな、と最近よく思う。

「ドッペルゲンガーについては、その昔からさまざまな議論が交わされてきました。フロイトによれば、それは複製品を作ることによって死後における継続を保証するためのナルシシズム的なプログラムらしいです」

「ナルシシズム……」

「そのフロイトの解釈を知っていただろうことを考えると、ルネ・マグリットの《複製禁止》というのは、死後の魂の継続を望まず、ストイックに一回きりの生を生きる静かな決意の絵のようにも感じられますね」

「お、ちょっと黒猫っぽい」

「えへへ。でも、もしも仮に僕が見たのが、まさに先輩のドッペルゲンガーだとすると……」

「いやいや、有り得ないでしょ。仮に私と君の見たのが同一人物だとしても、よく似た人がいたというだけで……」

言い返しながらも、しじゅう背中に冷たい汗の感触がある。「有り得ない」という言葉を、どこかで誰かに聞かれているのを恐れてでもいるみたいに。

「先輩、でも有り得ることかも知れないんですよ。エミリー・サジェ事件みたいなこともありますし」

その事件のことは寡聞にして知らなかった。

「十九世紀、ラトビアの女子校に実在したエミリー・サジェという女性の教師の話なんですが、あるとき彼女の授業中に生徒が騒ぎ出すんです。校庭にサジェ先生がいる、と。すると、教壇に立っていたほうのエミリー・サジェは固まったまま動かなくなり、そのまま消えてしまったそうです。そんなことが何回も起こり、結局彼女はその学校をクビになります。でも、エミリーは他の職場でも同じような事件を起こし、幾多の転職の末に義妹の家に居候することになったようです」

エアコンが効きすぎているわけでもないのに、鳥肌が立つ。生気のない目をしたドッペルゲンガーに苦しめられる人生。それは恐ろしい体験であるに違いない。

「このエミリー・サジェ事件には目撃者が多数います。しかも、一つの集団ではなく、さまざまな場所で目撃されている」

「……だけど、十九世紀の話でしょ？」

「古い時代なら眉唾ですか？」

「そうは言わないけど……」

「ハイエナなら、きっと集団幻想と言うでしょうね。でも、集団幻想では有り得ませんよ。明らかに、エミリー・サジェはドッペルゲンガーにとりつかれていたんですから」

とりつかれ……。

嫌な言葉だった。非科学的で、非現代的。それが有り得ないこととわかっていながら、湧き起こる恐怖心に嘘がないのはどういうわけなの？

戸影はこちらの様子に気づいたのか、慌てた。

「あ、いやいや、脅かすつもりじゃないんです。ただそういう話もあるっていうことで……それより、ハイエナが言った『ドッペルゲンガーをオブジェとして捉える』というのが謎めいていますね」

戸影は不自然に話題を変えた。そんな不器用な気遣いが戸影らしい。

「あ、うん、その言葉は私も意味がよくわからない」

道すがらずっと頭の中を巡っていた謎。ドッペルゲンガーをオブジェとして捉えるとはどういうことなのか？

「これは僕なりの解釈ですが——」

「聞かせて」

「ドッペルゲンガーというのは、美から遠く離れた体験でありながら、もっとも強烈な出会いでもある。そう考えると、〈反美学〉と似ていると思いませんか？　僕は芸術体験は、困難を享受する行為でもあると思っています。たとえば、見た瞬間に『なにこれ？』って拒否反応を示したくなるようなものを受容することで、人間は新たな価値を知っていく。つまり、先輩がその女性に対して拒絶反応を示したとすれば、先輩にとって彼女こそが受容するべき未来というオブジェなんじゃないでしょうか？」

「どういう意味よ」

「んん、ほらオスカー・ワイルドの『ドリアン・グレイの肖像』ですよ」

ドリアン・グレイが友人に描いてもらった肖像画を指して、自分ではなく絵が歳をとればいい、と言ったところ、絵は未来のドリアン・グレイを映すようになり、グレイの行ないによって顔つきがどんどん変わっていく。これもまたドッペルゲンガーの系譜にある物語と言えるだろう。

「その女性の存在は、未来の先輩を示しているんです。先輩は無意識のうちに将来のことを考えていて、まったく似てもいない女性が自分に見えてしまう」

「私が自分の将来を？」

思い当たることが、ありすぎた。研究のこと、職のこと、プライベートのこと……。

「ほら、先輩はいま博士研究員じゃないですか。大学機関にいると、あまり派手な格好もしにくいでしょ。してもいい雰囲気はあるけれど、そうすると、結果として研究者として正当な評価をされないところもありますよね？」

教授陣の中にそういう黴（かび）の生えた思考の持ち主がいることはいる。ファッションや外見、性別は研究と無関係なのに。

唐草教授の庇護下にあるから、さほど嫌な目には遭わないし、他大に比べればマシとも聞くが、それでも意識しないわけにはいかない。

そのことを思えば、自分が今はできないようないびつなファッションに対して、ある種の拒否反応が働いたというのはなくはないかも知れない。

でも、だからと言って、服装への拒否反応の結果、多少外見が似ているだけの人間が自分とそっくりに見えたりするものだろうか？

「これは変な意味じゃなくて、僕は思うんですよ。先輩は本当は今みたいなファッションじゃないほうがいいなって」

「え、なにそれ……私のファッション全否定？」

「いや、いまの格好がもちろん先輩らしいんですよ。でもね、絶対しないとわかってるんですけど、チャイナドレスとか、ボディコンとか、超タイトミニとかですね」

「ただ戸影クンがスケベなだけでしょう」

「え！　そんなはずは……！　で、でも実際似合うと思うんですよ。もうスタイルだってほら……」

「なに……？」

拳を固めて尋ねた。自己抑制機能が壊れると、男子はどこまでも暴走する。戸影は慌てて軌道修正を図る。

「ごめんなさい、僕はただ先輩が心配なだけなんです」

「……わかってる」

すると、戸影はにっこりと微笑んだ。

「送りますよ。もう帰るんですよね？」

戸影の好意をむげに断るには疲れ果てていた。一日分のエネルギーを、灰島と対面した時に使い果たしてしまったせいだ。背もたれに寄りかかり、小さくありがとう、と言うのが精いっぱいだった。

3

いくつかの灰島の言葉が、深く胸に刺さっていた。

——いかなる偶然にも必然がある。事象を精査しろ。

今日、自分が自分にそっくりな女性に遭遇したのは、必然だということ？　それは、自分の内面と関係があることなの？

このところ、将来のことばかりを考えている。博士研究員から次のステージへ移るには、突出して優れた研究をするしかない。けれど、優れた研究を、秀逸な着眼点を、と功を焦れば焦るほど、正解が指の隙間から逃げて行ってしまう。

焦りがあったからあんなものを見てしまったのか。

二人の人間に、よってたかって言われては、そんな気もしてくる。

「僕はこのところの先輩が少し心配です」

大通りを歩きながら、古書店の棚ざらしになっている百円たたき売り本にこちらが目を奪われていると、戸影が唐突に言った。

「なんで？」

「自覚あるかわかんないですけど、いつも思いつめたような顔してますよ。黒猫先生とうまくいってないんですか？」

後輩に心配されるほど表情が暗いのか。それは問題だ。

「余計な心配してるんじゃないの。自分の研究をもっと頑張りなさいよ」

「頑張っていますよ」

「筋トレにかまけてるって噂だよ」

この半年ほど、戸影の筋肉の増幅は著しい。その分、研究の手を抜いているというわけではないようだけれど。

「筋トレしてると、自分が律せられて、ストイックな人間に成長していく気がするんですよ。実際、筋トレやり始めてからのほうが、研究にも集中できている気がします。余計な悩みがなくなるんですよね」

「前は余計な悩みがあったの？」

「僕だって健全な男子ですからね。近くに意中の人物がいたりすれば、そりゃああれこれ悩みもするんですよ」

「え、好きな人、いるの？　告白すればいいのに」

戸影はなぜか深いため息をついた。

「気づかないもんですかねえ。まあいいや。先輩、とにかく、黒猫先生がもしも先輩を悲しい目に遭わせたりしているなら、僕が鉄拳を食らわせますから」

「落ち着いてよ。黒猫と喧嘩なんかしてないって。悲しい目にも遭わされてません。っていうか、さっきから思ってたんだけど、私と黒猫のこと、どこで知ったの？」

研究室には内緒だった。誰にも知られていないつもりでいたのに。

「わかるに決まってるでしょう。僕は興味の対象に塵一つついただけでも気づける人間なんですから」

興味対象？　まあ、あまり深くは追及するまい。

「先輩って、僕の高校時代の後輩に少し似てるんです」

「私が？」

戸影は頷き返してから、少しだけ遠くを見つめるような目をした。風景はその間も流れる。古本屋から次の古本屋まで。

「その子、恋人に振られてからおかしくなったんです。それで、ある日校舎裏の林の中で……」

そこで言葉を詰まらせた。

「僕が第一発見者だったんです。夏でした。もっと早く見つけてあげたかった。ずっと彼女は林の中で一人でいたんです……そんな想いは、もうしたくないなって思って」

気がつくと、戸影の目はうっすらと潤んでいた。思わず、戸影の背中に手を当てた。これが本当の弟なら、抱き締めて撫でてあげたいところだ。

「つらい思いをしたのね。でも安心して、死んだりしないから。私は元気」

わたしはげんき。

自分の台詞を、心の中で棒読みしてみる。本当に、自分は誰よりも自分を知らない気がしてきた。

「僕ね、軽く見られがちですけど、とても先輩のことが大切なんです。でも欲しがったりはしません。安心してくださいね」

「……うん」

いま、遠回しに告白をされたのだろうか。だとしたら、このままこんなふうに戸影に弟のように優しく接していてはいけないのか。残念なような、切ないような、少し面倒や苛立ちも混じっているような、落ち着かない気持ちになる。

「そういえば明日からですね。〈グロテスク装飾展〉。たしかハイエナ……あ、灰島さんが監修してるんですよ。初日は彼も来るって唐草先生が言ってましたけど、先輩、行きます?」

「……興味はあるんだけどね。明日行くかはわからない」

わかりきっているのにそう答えたのは、一緒に行くことになるのを恐れているからか。

高田馬場の駅で別れ、西武線に乗り込んだ後も、さまざまな感情がごった返していた。灰島の言っていたことも、じっくり考えねばならない。

4

所無駅へ着いた時は、駅前のデモはすでに終わっていた。代わりに、SBLデパートにかかった都市計画の完成予想図が目を引いた。生まれ変わる五つの施設。その真っ白なゴシック〈のような様式〉は、ショッキングで、それがよいデザインなのか瞬時に判断できない。

単に景観の調和という点からも、街の記憶というものを考えた場合でも、この強烈な白い施設のせいで、都市の記憶は薄らぐだろう。それは、市民が反対するには十分な理由であるように思えた。

幼い頃から、この街で母一人、子一人で生きてきた。

魚屋や豆腐屋のある小さな商店街はいつしか消え、プラム通りの繁華街とオフィスビル街が駅前を覆い、住宅街はその向こう側にひっそりと追いやられていった。

けれど、変わらないものもあった。母とよく通い、初めて逆上がりができるようになった所無中央公園。あの公園で、母とよくサッカーをした。サッカーもキャッチボールも、男の子に負けたくなかったのだ。

我が家には父親がいなかったから、母は公園でキャッチボールにもサッカーにも付き合ってくれた。負けず嫌いの娘と母は、いつでもそうやって公園で遊んだ後、今度は図書館で読書に耽（ふけ）るのだった。最初のうちは、母の見様見真似（みようみまね）。でもそのうち、テレビを眺めるみたいにパラパラと文字を目で追うようになった。

やがて、母に「文字はよく噛んで」と注意されるようになる。

――あなたはまだ文字を丸のみしているわ。それじゃあだめなの。

――どうして？

戻らない。

――丸のみされた言葉は、言葉ではなく絵や映像に変わってしまって、二度と言葉には

言われてみると、それまで読んだ本の言葉を何も覚えていなかった。絵は浮かぶ。その都度（つど）イメージにしているから。でも、それだけだ。だから、自分にとっては文字を追うことが究極の娯楽だった。

テレビや映画では、気に入らないところでも我慢しなければならないけれど、小説なら気に入らないところは飛ばせばいい。それを母は「丸のみ」と表現した。

母は図書館に隣接する建物や工作物を指さして言った。

――これは電話会社、こっちは税務署、あれは電柱。どれも見過ごしたり、ないものと考えて過ごすことは簡単よ。でもね、それはそこにないといけないものなの。何気なく置かれたわけでは決してないのよ。文章の一節一節にも、風景の一つ一つと同じで意味があるの。

――想像できる以外の意味？

――そう、あなたにはまだわからないかも。でも、それはとても重要な暗号のようなものよ。それを読み解かなかったら、何も理解していないも同じなの。だから、うわべだけで何もかも理解したような気になる読書には、何の意味もないのよ。

母とどこかへ出かけて家路に就く時は、石ころを優しく蹴りながら帰る。そして、途中で所無航空記念館に立ち寄る。その昔は航空発祥の地として知られていたらしく、中に古い飛行機がいくつも展示されている。今では飛行機マニア以外の一般客が訪れることはほとんどない。

母はここの一階のカフェに必ず入る。そこではプリンでも何でも好きなものを注文させてくれた。ふだんは食べ物の管理に厳しい母が、その時だけは手綱を緩める。なぜなのかはわからない。母には母の想いがあったはず。でも、彼女は何も話してはくれず、ただこちらの学校の話を聞いたり、晩御飯の計画を立てたりするのだった。

カフェにいるときの彼女の目は澄んでいて、ほんの少し少女に戻っているみたいに見えたものだった。

わかっているのは、あの瞬間、母がべつの時間を生きていたであろうこと。

ぼんやり歩いていると、所無西通りの駅前交差点を過ぎた先に〈所無中央公園〉が見えてきた。公園の手前を左へ曲がって直進すれば、我がマンション〈アラベスク〉がある。

ふと、気が向いて公園に入ってみることにした。母とサッカーの後によく座って休んでいた石造りのベンチに腰を下ろす。幼い頃何度も座り、中学、高校、大学と成長してからも、折に触れぼんやりしたい日にはここを訪れてきた。

その公園にも、いよいよ変化が訪れようとしている。

公園の入口にも都市計画の貼り紙が貼ってあり、完成予想CGが描かれていた。土のグラウンドの代わりに、白いゴムを張り、陸上競技の練習も行なえる本格的なものに変えるという例の計画が説明されている。

思い出の地が、白く塗り替えられていく。

図書館も、公園も、航空記念館も――。

白――。

自然と、自分の思考は『ナンタケット島出身のアーサー・ゴードン・ピムの物語』に、そして、あの自分と似た女性の、白ずくめのコスチュームに向かっていった。今日は一日中、そのことばかり考えている。

凝り固まった脳内プログラムを拡散させるべく目を閉じた。

システム終了。いったん冷却してから、再起動。

深呼吸をしてから、公園を出ると、家路を急いだ。

風が、わずかに強く吹き、鼻先に冷たい雫がぽつりと当たった。

5

「ただいま」

自宅に戻ったのは夕方六時を過ぎてからだった。小雨が降り出したから、途中からは駆け足で、自宅に着くやいなや今度は洗濯物の取り込みに奔走することになった。

ようやくすべての洗濯物を取り込んで窓を閉めると、改めて室内の静寂が際立った。壁の鳩時計の秒針だけが、ざく、ざく、と音をたてている。それから、不意に冷蔵庫が、眠りを起こされた狼みたいに唸(うな)り出す。

母は外出中だろうか。今日は鍋という話だったけれど……と思っていると、奥の襖が開いた。

目のあたりに手を当てながら、母が現れた。

「あら、戻ってたの？　早かったわね」

母はなぜかこちらと顔を合わせまいとするように、そっと顔を背けて台所へ向かった。母らしくない。とはいえ、母が何も言い出さないのに踏み込んで尋ねるような真似はしたことがない。それは、親子の暗黙のルールのようなものだった。

「うん、今日はとくに仕事頼まれなかったから。休みだしね」

それから、母は室内に取り込まれた洗濯物に目をやる。

「わ、ごめんねぇ、そっか、洗濯物干してたんだった……」

「大丈夫、ほぼ濡れてないから」

降り出したのが帰宅の直前で本当によかった。

「黒猫クンが出張だと早いのねぇ」

「そ、そういうわけじゃないけどさ」

そういうわけである。

「お腹空いている？」

「うん」

「ごめん」

母がじっとこちらの目を見て「ごめん」というときは決まっている。料理をし忘れたのだ。

「研究に夢中で時間を忘れていた」

「じゃあしょうがないね」

いつも、研究者二人の間ではこの「しょうがない」が発動される。二人とも料理の担当を忘れやすい。研究にのめり込むと、時間の進み具合から何からよくわからなくなってしまうのだ。自分がそうだから、母が忘れた時も嫌な気持ちにはならない。

「昨日のカレーなら鍋にあるけど。どうする？　あとは焼きそばならすぐ作れる」

母がいそいそとコンロに向かおうとする。

「……ちょっと変だけど、パンケーキが食べたい」

「え？」

「なんとなく」

図書館に行った日は、母が晩御飯の支度をサボりたいからか、パンケーキを焼いてくれることが多かった。素っ気なさすぎる晩御飯だけれど、どんなご馳走よりもそれが楽しみだった。

「ようし、今夜は私が腕によりをかけましょう」

母が腕まくりをして小麦粉を取り出した。

「やったー！」

小麦粉と卵と砂糖と牛乳を混ぜて焼いただけのもの。けれど、できあがると、自分で作ったものとは雲泥の差がある。まず焼き加減が完璧で、何よりむらがない。

母は料理があまり得意ではないけれど、パンケーキの神様にだけは愛されているところがある。

目分量で小麦粉をボウルに入れていく背中は、去年よりわずかにやつれた。昨年検査入院をしてから食欲が以前ほどはないせいもあるのだろう。

次第にいい香りが漂い始める。焼き加減もちょうどよさそうだ。

「お母さん、ちょっと痩せた？」

「まあ、ダイエット成功かしら？」

「してないでしょ、ダイエットなんか」

「ふふ。この歳になるとね、いろんなものを整理する必要があるのよ。体脂肪もその一つかもね」

意味深長なのかそうでないのかよくわからないことを言っている。こういう時は、だいたい煙に巻きたいのだろうから、巻かれておく。

「体調、悪いわけじゃないよね？」

昨年、母が倒れたときの恐怖が脳裏をよぎる。またあんな思いをするのは嫌だ。

「至って元気よ。たくさんの人の熱気に接して、ちょっと疲れちゃっただけ。体力をつけなくっちゃ」

母はそう言いながらパンケーキを皿に移しとった。それから、おもむろにテーブルの脇にあった紙の束をとり、こちらに見せる。

「これ、都市計画書。これを読むと、市長がどういう意図で都市を変えようとしているかがわかる。単純に言えば、きれいで快適な都市を多少猥雑で活気溢れる未来都市へ、というところなんでしょうね。でも、あなたも駅前に飾られている完成予想図見たでしょ。あの真っ白なゴシック風の建築が街に自己主張するさまは、市民の何割かにとっては悪夢よ」

母は、自分がどう思っているかではなく「市民の何割かにとっては」という言い方をした。彼女自身はどう思っているのだろう？

「お母さんはどう思う？　やっぱり悪趣味な計画なのかな……」

「わからないけど、個人的な感覚として、今の街を変える必要なんてない気がするわね」

「街は今までだって変わってきたでしょ？」

「もう十分よ。十分に便利な暮らしをしているわ」

「……でも誰かにとっては必要な変化なのかも」

「反対しない人は確かにいるでしょう。単に新奇さを喜ぶ人もいるでしょうし。だけど、景観に調和しない進化は、許容されるにせよ、積極的に求められることはないと思うのよ。昔は都市計画が美ではなく便利を理由にしていた。山を切り裂いて道路や線路を造る。商店街を壊してショッピングモールを作る。それが、今は便利よりも美のほうが、企画上の通りがいいんでしょうね。だから都市の美化を理由に都市改革が進められる。時には現在の潮流から逸脱したいびつな計画さえも――」

最後の言葉は、所無の都市計画に向けられているものだろう。

「あと十年もすれば、私がここに住んでいる理由がわからなくなるくらい、面影（おもかげ）のない都市に生まれ変わるでしょうね」

「悲しい？」

「そんなものだと思うわ。悲しくはないわね」

「でも、反対はする？」

「そう。この街でお世話になった人たちのためにね。それは、私がいまこの街に生きているっていう証みたいなものよ」

子どもの頃は、母のことを意見をはっきり持ちすぎている人だと思っていた。少し生きづらそうな人だ、とも。けれど、彼女はきっと、そんなふうにひとつひとつに明快な回答を持ちながらでなければ進むことができなかったのだ。

「ねえお母さん、後悔って、したことある？」

母が若い頃、恋をしていたことは知っている。それが叶わぬものであったことも。

「後悔はしない主義なの。すべて物事はなるべくしてなっているから。あなた、わたしの専攻が何かお忘れじゃないでしょうね？」

　母の専攻は、『竹取物語』だ。『竹取翁物語』、『かぐや姫の物語』……どれも通称で、正式な名称がわかっているわけではない。日本最古のＳＦ小説とも称されることのあるこのテクストを、母は長年にわたって研究してきた。

「かぐや姫は、月で何か罪を犯してやってきたと、月からの使者は言っているわ。『かぐや姫は、罪をつくり給へりければ、かく賤しきおのれがもとに、しばしおはしつるなり』。その罪の内容は記されていない。私も含めて、研究者たちはみんなその罪の内容を想像してきたわ。研究者の中には、『宇津保物語』みたいな古典にみられる姦通罪の類型を、かぐや姫に当て嵌めていいのではないかと考えている人もいる。私もその可能性はなくはないな、と思うの。けれど、もしそうだとしたら、それがあえてまったく匂わされていない理由のほうが重要だと思わない？」

「それは、言わずもがな、ということではなくて？」

「違うと思う。『竹取物語』には、これでもかというほど人間の我欲が描かれている。その中で、かぐや姫の罪状だけが露骨には描かれていないのには、何かそれ相応の動機があるはずなのよ。もしかしたら、私たち研究者は、かぐや姫がこの世に来た理由を、自分たちの理解できる次元にまとめあげたいだけなんじゃないかしら。でも、忘れてはならないと思うの、あれが〈物語〉だということ」

「フィクションだということ？」

母は強くそれを打ち消した。

「〈物語〉とは、ほんとうにあった話を文字として記す、虚構の語り手を創造する行為そのものを言うのよ。『竹取物語』が作者未詳というのはよく知られた話。けれど、そうではなくて、『竹取物語』を現実に起こったこととして記している〈透明な書き手〉がいる。その〈透明な書き手〉が生まれたこと、それが、『竹取物語』が物語文学の創始と言われる所以（ゆえん）なのよ」

頭から冷や水をかけられたみたいだった。物語、虚構、テクスト、いずれも研究者には馴染んだ言葉。けれど、その本当の意味を、骨身から実感していたことがあったのだろうか？

母は、〈物語〉とは何かという根源的な、しかし自分が忘れていた部分を簡潔に言葉にしてくれた。

母の言葉は続く。

「それに、作中のかぐや姫の行動をよく読んでみるとわかるけれど、彼女自身がその罪の意識に苛まれているふうはない。彼女が少しでも気にする素振りを見せていたら、あんなに多くの男性が彼女を必要としたかしら？」

「……そうね。終わったことは終わったこと」

「違うわ。それはこの世界の人にはわからないような罪なのよ。そして、すでに終わったこと。終わったことは、自分の中にあることなのよ」

　自分の中に——。

「かぐや姫が人を惹きつけるのは、月での罪の記憶を身体中にしみこませているから。終わったはずのことでも終わらない。人生ってそういうものでしょ？」

「そうね」

　終わったはずのことでも、終わってない、か。

　黒猫をいつの間にか異性として意識するようになり、かけがえのない人だと感じるようになった。今は少しコミュニケーション不足かな、と感じてはいるものの、別れるつもりはない。

　けれど、黒猫がパリへ留学してしまった時や、イタリアでの再会の後、まともにさよならを言わずに帰国した時は、やっぱり次の約束があるとはいえ、終わった、と思ったものだし、また再び会えた時は、終わったはずのものが動き出したような気もした。

　人は誰しも、記憶や絆を、場所や人に預けて生きているのかも知れない。

それからしばらく、どちらも黙ってパンケーキと珈琲の間を往復した。母が次に口を開いたのは、こちらのパンケーキが残り半切れになり、ハチミツがくどくなってきたのを機にそろそろラズベリージャムでも投入しようかと思った時だった。

「そう言えば、今日あなた大学に本当に行ってたの？」

「え？　どういう意味？」

「そうよね。ごめんなさいね、変なこと聞いちゃって」

母は、まだ喉元に何かがつっかえているように見えた。

「どうかしたの？」

「……じつはあなたと昼間会ったあと、デモを終えて家に向かう時に向かいの空き地のところで、あなたがうちのマンションをじっと見上げてるのを見たのよね」

「私が？　自分の家を見上げるわけ？」

「うん、いや、そんなわけないわよね。だいたい、あなたと服装が違ったもの」

「どんな服？」

「白の、ゴシック調のワンピース。あと――」

「白い真珠のピアスと白のチョーカー、してた？」

「……そう。帽子を目深に被っていたから自信はないけど、でも立ち姿とかあなたにそっくりで……どうして知ってるの？」

ちがう。

言葉にならぬまま、必死に首を横に振る。

母にも、同じものが見えたってこと？

灰島の言葉がよみがえる。

――そのドッペルゲンガーが客観的現実となるには、君以外の人がそれを目撃する必要があるな。

戸影だけなら、彼の欲目だ、と笑って済ますこともできたのに。

指が震えそうになって、思わず持っていたフォークを皿にそっと置いた。母にも、自分の様子が深刻なことは伝わったようで、冗談として笑い飛ばそうとした笑みを引っ込めた。

「私も見たの。その、私を」

「まあ……やだ、何かの間違いよ。ただの見間違い」

「二人が、同じ日に同じ服装の人を目撃したのよ。見間違いなんかじゃないわ。その私にそっくりな女の人は、きっと現実に存在するのよ」

「そんなわけないでしょ」

そんなわけがないことが、実際に起こっているのだ。

「なら、そっくりな人がいたのね。その人をたまたま私もあなたも見ただけよ」

「そうね……」

それから、二人は黙った。

考えていることは、たぶん一緒だったはずだ。

仮に容姿がそっくりな人間がたまたま存在したとして、その人物がこのマンションをじっと見上げていたのは、偶然で片づけられるのだろうか？

その時、テーブルの上で母の携帯電話が鳴った。画面には、番号だけが出ている。知人ではないようだ。

「ごめんね」

母はそう言って席を離れた。食事中に電話に出るなんて母らしくない、という印象だけが焼きついた。

一人になると、またドッペルゲンガーのことを考え始めていた。すでに自分を含めた三人の人間が目撃している。一人は所無駅前で、一人は新宿で、もう一人は自宅前で。もっとも、新宿の目撃情報はぼんやりとしているから当てにはできないけれど、母が目撃したのは、自分が目撃したのと同じ所無エリア内。

プラム通りへ逃げていくとき、彼女は明らかにこちらと目が合って気まずそうだった。

何が起こっているの？

パンケーキにラズベリージャムを塗る。明日、灰島にもう一度会わないわけにはいかないようだ。

天女幻視Ⅱ　黒猫の好きな眺め

「約束のものは、できていますよ」

電話があったのは、土曜日の朝だった。滋賀に発つ前に事前に連絡しておいた印鑑屋で竹製の印鑑を作ってもらったのだ。三文判の印鑑だけでは、なにかと不都合なことも多々ある。

「え、それを取りに行くのに私も付き合うの？」

一応、彼女にも声をかけた。ドアを開けた彼女はまだバスローブ姿だった。

「べつに寝ていても構わないよ」

しょうじき、一人のほうが自由に動けるのだが、彼女はどこにでもついて行きたがる。夜にT大学校友会代表の石野勝という人物に会うまでは寝ていてくれてもよかったのだが。

「行くわよ、もちろん。だって私、黒猫の付き人だもの」

「……まあ、何も言うまい」

彼女と行動するときは、なるべく彼女の言動に構わないようにしている。それに、彼女は存外役にも立つ。滋賀に地縁があるというのは嘘だったようだが、彼女のコミュニケーション力のおかげで助かっている部分もある。

二十分後、前日のヴィクトリア朝から一変してロココ調の白のワンピースに着替えてくると、彼女は真珠のピアスを輝かせながらこちらに手を振った。完全にバカンス気分だ。

回転扉を通って車寄せのコーナーに来ていたタクシーに乗り込む。行き先を告げると、運転手はすぐに理解した。有名な店のようだ。

「その印鑑って、もしかして竹でできているの？」

タクシーが走り出してすぐに彼女が尋ねた。

自分の注文品のことを言っているらしい。

「よくわかったね。そのとおり」

勘の鋭い女だ。

「昨日の竹林公園で採れた竹かしらね？」

「どうだろうね。そこまではわからないけど」

「黒猫がわざわざ竹の印鑑を作ったのって、竹林公園のゲートに描かれていたあの羽衣を纏（まと）った天女と関係があるの？」

「それは、あるとも言えるし、ないとも言える」

「昨日、だいぶ羽衣伝説に興味を持っていたわね。立地的には羽衣伝説のある鏡見湖からはだいぶ離れているのに、竹林公園にどうしてわざわざ羽衣天女像が彫られているのか。どう？　一晩考えて答えは出たの？」

「まあね。というか、答えは最初からわかってはいた。ただ、竹林公園の計画者がなぜそのような考え方をしたのかを知りたかったんだ」

ポケットから、テレイドスコープを取り出して窓の外を見た。紫陽花の咲き乱れた民家の前を通過すると、レンズの中はたくさんの紫陽花で満ち溢れた。

テレイドスコープは風景を芸術に変えてしまう、最小単位の都市計画者なのだ。これ一つあれば、自分が動くだけで、一日かけて美術館を回ったような満足感を得ることができる。

「当てていい？」

「聞くなよ。ダメだと言っても言うんだから」

「いいじゃないのべつに。じゃあ言うわね。計画者が竹林公園に天女を描いたのは、単なる羽衣伝説のためじゃなくて、羽衣伝説が『竹取物語』になったという学説があるから」

油断のならない女だ。

「そうだよ。でも、その羽衣伝説は鏡見湖と結びついていた。天女が水浴びをしていた場所だから。それを、定説になっているわけではない『竹取物語』のほうを採択したのは誰なのか」

「みんな考えることじゃない？　だって竹林公園なのよ？　竹と言ったら『竹取物語』でしょ」

「そうだけど、誰もがずっと理解できるわけではない」

「そうね……つまり、計画者は、理解されなくても構わなかったってことかしらね。まあ、竹林公園の計画が市の予算を通れば、その設計主にもお金が入るわけだし、そのための方便だったんじゃないのかしら？　書類上はばっちりよね。竹林公園のシンボルに『竹取物語』の原型となった羽衣天女を描きました――ね？」

「でも、市役所の人は『竹取物語』と結び付けて考えていないようだった。たぶん、あの羽衣伝説の土地だから、という大雑把な企画で通したはずだよ。それに、じつは、気になることがもう一つあるんだ」

「何？」

「所無市にある〈所無中央公園〉にも同様の天女像が描かれる予定らしいんだ」

「え？　だって所無にはそんな伝説ないでしょ？」

「ないよ。だから不思議なんだ。何者かが、二か所に同じ天女の絵を描き込もうとしている」

「同じ人なの？」

「たぶん。その人物は、観光のためとか、竹林公園のためなんかではなく、ただ天女をかぐや姫と同一視したいんだ。それも、この長波間市と所無市で」

「個人的な事情かしらね？　その人が校友会から仕事を回されてるの？」

「校友会は関係ないだろう。ただの仲介役だ。でも過去に何らかの縁はあったのかも知れないね。そう言えば、僕は一人、長波間市と所無市の両方に縁のある研究者を知っているんだよ」

「ふうん。その人物と天女に関係がある、と？」

「まあ、それは計画者本人の口から聞き出すしかないけどね」

彼女は納得したのかしないのか、黙り込んだ。それから、窓の外に目をやる。

「ねえ黒猫、私、朝ごはんまだ」

「もう十一時だぞ」

「あ、そんな言い方していいのかなぁ、私、とってもいいもの発見しちゃったんだけど」

「え？」

言われて、テレイドスコープのレンズを彼女の側の窓の外に向けた。〈パーラーはごろも〉というキュートなロゴと、巨大なパフェが描かれた看板が映し出される。

「しょうがないな。運転手さん、ここで降ろしてください」

「え、ここでいいんですか？」

運転手はゆっくりと車を脇に寄せて停車した。

「どんな種類のパフェがあるんだろうな……」

つかの間、このところずっと考えていた謎から離れて、パフェ幻想に耽った。

黒猫のいない夜のディストピアⅣ　黄金虫

1

翌朝は、黒猫からのＳＮＳメッセージで目覚めた。
〈おはよう。君の夢を見た〉
〈いい夢？〉
〈いい夢で、わるい夢〉
〈どゆこと？〉
〈君は今よりずっと幼くて、誰かに追われていた〉
〈わるい夢じゃない！〉
〈でも、通りがかった男の人に助けられた。それが僕〉
〈笑〉

笑、と一文字返せば、記号として笑ったことになる。けれど、メッセージを送る自分は決して笑ってはいなかった。それは、自分が今日見た夢と似ていたからだ。

夢のなかで自分は、幼い頃に戻っていた。

深夜にインターホンが鳴る。家には誰もいないらしい。母はどこだろう？　見回すけれど、母の姿は近くにない。出かけているの？

こんな夜中にインターホンを鳴らす人がいるはずがない。おかしい、と考え、布団に頭からもぐる。すると、鍵をがちゃがちゃといじる音が聞こえてくる。

泥棒だろうか。逃げなくては。でも身体が動かない。怖くて布団から出られないのだ。

やがて、鍵が開き、ドアが開く。息を殺して、襖の隙間からじっと玄関を見る。

入ってきたのは、自分にそっくりの容姿をした女。こちらは幼児に戻っているが、その女は現在の自分にそっくりだ。

息を止めていると、女は引き出しや書棚をごそごそと漁り出す。そうして、エドガー・アラン・ポオの関連書物とノートパソコンを盗み出す。彼女は自分に成り代わろうとしているのだ。

止めなくては。彼女が自分に成り代わったら、自分は自分ではなくなってしまう。けれど、いまの自分はきっと力でねじ伏せられてしまう。殺されるかも知れない。逃げるしかないのか。

そっと布団から出て、窓を開けた。

ベランダから身を乗り出しかけたところで、女に気づかれた。

――どこへ行く気なの？ 偽者さん。

彼女はポオの書物をこちらの頭部に振りかざす。

痛い。

どうにか手すりの外側に半身を乗り出す。でも、ここは三階。飛び降りるわけにもいかない。

困っていると、隣のベランダから声がする。

――こっちへおいで。

仕切りの向こうからすっと伸びた手は白くてほっそりとしているけれど、男の人のそれだとわかる。声も男性のもの。でも、誰の声なのかがわからない。

怖いけれど、このままのほうが怖い。その手を掴んだところで、目が覚めた。

ベッドから半身がずり落ちたところだった。

寝相が悪かったようだ。

あの、自分に救いの手を差し伸べたのが黒猫だったのかも知れない、なんてことを考えた。二人の夢がつながったのかも知れない、と。いかに科学に支配された世紀にいても、こういうことばっかりは信じたいものが優先されてしまう。

すると、また黒猫からメッセージが届く。

〈ところでさ、一昨夜言ってたこと、本当？〉

〈一昨夜言ってたこと？〉

〈覚えてないのか〉

何のことだろう。

〈酔ってた時、なにか言ったの？〉

〈ノーコメント。覚えてないならいい〉

〈いじわる〉

〈優しいんだけどね〉

自分が何を言ったのか、気になってくる。

本当に自分が黒猫に言ったことなのだろうか？

もしかしたら、ドッペルゲンガーが黒猫の前に現れて勝手に言ったことじゃないの？

〈ねえ、ドッペルゲンガーって、本当にある現象なのかしら〉

〈唐突だね。あるよ。そんなに珍しい現象でもないはずだ〉

一緒にいたら、そのまま長々とレクチャーが始まりそうな気がした。だが、SNS上の黒猫はそんな厄介なことはしなかった。

〈そうか。つまり、あれはドッペルゲンガーの発言なんだな？〉

〈だから、何だったのかを言いなさいよ〉

〈ことわる〉

〈……もういい〉

苛立っている。あるいは、単に怖かったのかも知れない。黒猫にはこちらの恐怖が伝わっていないのだと思うと、余計に気が重たくなった。

話がしたい、と思うのと裏腹に、もうメッセージ上での会話をやめたい、とも思っている。これは矛盾なのか、それともただコミュニケーションツールへの苛立ちなのか。

こういう時は、潔く距離を置いたほうがいい。

相手と心も身体も密接になると、途端に些細な齟齬が許せなくなったり、話してもいないことを察してほしくなったりする。前はこんなにわがままではなかったのに。多くを求めすぎているくせに、そのことを一切口に出したくない。

深呼吸をして、時計を見た。

そうだ、今日は展覧会を観に赤坂まで行くのだった。灰島はそこでこちらの見解を聞くと言っていた。

窓の外では霧雨が降り注ぎ、世界を濡らしている。

着替えを済ませて家を飛び出すとき、ポストの中をあらためた。

一通、葉書が届いていた。

差出人不明。宛名も住所も記されていない。

つまり――その葉書は、郵便局員の手を介さずに、直接誰かから届けられたということだろう。

裏には無意味にみえるアルファベットの羅列が書かれている。おびただしい文字が何の意味も持ってみえないとき、それが自分に向けられたものであると、人はその事実に恐怖心を抱くようだ。

脳裏には、白いゴシック調のファッションに身を包んだ自分にそっくりの女が、マンションを見上げている後ろ姿が浮かんでくる。自分が見たわけでもないのに、その後ろ姿はやけにくっきりとしていた。

2

キンヒバリがリリリンと鳴く。

赤い傘の上をざらざらと雨粒が転がって落ちてゆく。

雨の日が好きだ。世界に水が降ってきていると思うと、それだけで非日常な感じがして、わくわくする。そういうところが、昔からあった。

窓辺で雨の音を聞いたりして終える休日は、とても楽しいものだった。

けれど、好きなはずの雨が、今朝は憂鬱の元になっていた。人が雨を嫌いになるのは、雨のなか、用事をしに外に行かなくてはならないからなのではないだろうか。

〈グロテスク装飾展〉に行くために外出せねばならない。

灰島に早くも苦手意識を持っているわけではない。彼はストイックな皮肉屋ではあるが、理屈は通っている。ただ、無言のうちにつねにこちらを試している。すべての言動が、評価対象なのがわかる。

博士研究員は給金をもらいながら職務に従事しているのであり、言うまでもなく大学にいる間は職務中で、評価対象となっている。

けれど大学という場所は、あまりそういうふうには感じさせないところがある。もうかれこれ九年もの年月を大学という場所で過ごしていると、おのずと第二の我が家のような感覚があり、リラックスしているのが常であった。

それが、灰島の前では自分が息をしていたのかどうかも思い出せない。今日もあんな目に遭うのかと思うと、憂鬱が肩や背中にのしかかってきた。

会場は、赤坂にある赤坂ルージュ博物館だった。表に立ったピラネージの廃墟版画を使った看板から、すでに生々しいまでの廃墟の香りが漂っている。

受付を済ませ、入場したら、背後から声をかけられた。

「どうしたのかね？　浮かない顔をしているね」

唐草教授だ。休日であるためか、いつもとは違い、ノーネクタイの半袖ポロシャツ姿だった。

「先生も来られていたんですね」

「赤坂ルージュ博物館の館長から、グロテスクに詳しい美学者を紹介してほしいと言われて、私が灰島クンを紹介したんだ。何だかんだ言っても、彼のことは気になるんでね」

大学内では灰島を庇うことができなかったが、唐草教授なりにその後も灰島を支えているようだ。唐草教授の専攻はカント、だが、プラトンやアリストテレスの理論についても、いまだに脱構築を精力的に試みている。

展示はネロ皇帝の黄金宮のレプリカから始まり、ピラネージの版画などさまざまな時代からグロテスクの系譜を繙いている。ロマン派の文学やゴシック小説におけるグロテスクと、従来のグロテスクの意味の違いを観る者にわからせるのが狙いだということが、並びの順序から察することができた。

一口にグロテスクと言っても、建築の世界におけるグロテスクと文学の世界におけるそれは微妙にニュアンスが異なるのだ。しかし、もちろんそこには相通ずるところもある。

「昨日は有意義な会話ができたかな?」

半分ほど回ったところで、唐草教授が切り出した。

「ええ。少なくとも、私にとっては。灰島さんには時間の浪費だったかも知れませんが」

「灰島クンが相手に有意義だと感じさせるようなことを言ったわけだ。それ自体が非常に稀なことだよ。君を認めたということだろう」

「……唐草教授は、灰島さんのどのあたりを評価しているんですか?」

「研究者としてのすべてだな。緻密さ、閃き、大胆さ、論理性、彼が院生になってから十年以上、一度も好敵手といえる相手は現れなかった。灰島クンは時に我々教授陣の自信さえも粉々にした。コミュニケーション能力さえあれば、次代を担っていただろう」

唐草教授が灰島をここまで手放しに評価していたとは。

「私は、できることなら彼に指導者としての最低限の人格を持ってほしいと思っている。

彼を更生させるわずかな可能性があるのが、君なんだよ」

「なぜ私なんですか？」

「灰島クンには十以上歳の離れた妹さんがいた。ところが八年ほど前、彼女は自殺してしまった。まだ高校生だったよ」

思わず目を見開いて唐草教授を見上げた。

戸影の高校時代の後輩の話とリンクしたからだ。

「以前、酔った彼を自宅まで送った時、書棚に写真が飾られていた。それからしばらくしてゼミにやってきた君を見たとき、面影が似ていると思ったんだ」

「そうだったんですね……」

戸影の後輩は、灰島の妹なのではないか？　戸影もまた、後輩の自殺をほのめかすような表現をしていた。そして何より自分に似ている、という。

灰島は自分と接するとき、どんな気持ちだったのだろうか？

〈文学におけるグロテスクの系譜〉というコーナーにやってきた。そこに、小さな別室がある。これからそこで初日限定の特別生解説が行なわれるようだ。解説者は灰島らしい。

コーナーの係の人に促されて署名をする。

「ちょうど今から始まるところですから、どうぞ」

するとドアが微かに開く。すでに席についていたらしい戸影が手招きする。「遅いですよ、始まりますよ」

慌てて中に入った。灰島が壇上に上がったところだった。

今日の灰島は、グレイの艶(つや)のあるスーツに身を包んでいる。全身から迸(ほとばし)る攻撃性は、聴きに訪れた者さえも受動的ではいけないと主張するかのようだった。

灰島が壇上に立っただけで、場内の空気が変わるのがわかった。

それは、黒猫の優雅な講演とはまた違った独特の空気だった。

やがて、灰島は口を開いた。

「みなさん、ようこそ〈グロテスク装飾展〉へ。しかし、ここまでの展示を見て、思っていたのと違う、とお感じの方も多分いることでしょうね。皆さんの知っている〈グロテスク〉と、これまでの展示物で見てきたものは恐らくだいぶギャップがある」

前方の客席で強く頷く姿がちらほらと見える。

灰島は続けた。

「現代だと、異様な、とか、奇異な、奇怪な、といった意味で使われることの多い〈グロテスク〉ですが、本来の用法は違います。まず、語源から説明しましょう。〈グロテスク〉とは――」灰島はこちらを見つけてニヤリと笑った。「私の口から語っても面白くない。そこの聡明そうな女性に尋ねてみましょう。〈グロテスク〉の語源は何かご存知かな？」

突然の振りで、心臓が高鳴った。が、落ち着け、とすぐに自分に言い聞かせる。

「グロッタ——洞窟です」

「その通り。皆さん、彼女に拍手を」

まばらな拍手が起こる。何となく、居心地が悪くて頭を下げた。

灰島はその後を引き取って解説を続けた。

「十五世紀後半、エスクイリーノの丘でローマ時代の宮殿跡が見つかった際に、その洞窟にあった装飾を、グロッタと呼んだのが始まりです。ですから、元来は、植物や動物、あるいは伝説上の怪物が幻想的に絡み合う古代の装飾を指すのです。グロッタは、やがてラファエロによるヴァチカン宮殿の回廊の装飾仕上げの手本ともなっていきます。ですから、すでに〈グロテスク〉がルネサンス期においても重要な概念だったことがわかります。しかし、そこでもまだ皆さんがよく知る〈グロテスク〉とはちょっと違う。どこから、現在の〈グロテスク〉になっていったのか？　それは、これから〈文学におけるグロテスクの系譜〉のコーナーをお回りいただければわかります」

灰島は一息ついた。

「十八世紀末に新古典主義の流行の文脈で、グロテスクは美的範疇として一般に広まっていきます。それが、十九世紀になるとヴィクトル・ユゴーの『クロムウェル序文』によって現在の意味に近くなるのです。その概念は時代とともにニュアンスが異なるため、一口には説明しがたいところがあります。しかし、誤解を恐れずに言えば、〈グロテスク〉とは相反するものの共存である、と言うことも可能です。〈相反するものの共存〉。美と醜、天使と悪魔、美女と野獣、聖人と狂気、そういった対立するものが絡み合って調和している状態という意味では、古来の幻想動物の装飾から始まりゴシック小説などに出てくるような〈グロテスク〉にも共通性を見出すことはできるでしょう。現在でも〈グロテスク〉は、街並みの至るところに隠されています。そもそも、〈相反するものの共存〉という概念であればこそ、さまざまな時代と添い寝することのできる概念だったのかも知れません」

灰島は口元に笑みを浮かべた。その不敵な笑みは、会場の聴衆全員を共犯者にするかのようだった。

そして——灰島の目は、まっすぐ自分に向けられていた。

3

解説が終わったのは、昼過ぎだった。

しばらく席から立ち上がれなくなるほどの刺激に富んだ内容だった。ただの丁寧な解説に留まらず、グロテスクの概念についての理解を深化させてくれた。博物館を出る時には、改めて灰島に尊敬の念を抱かないわけにはいかなくなった。

その後、唐草教授、戸影、灰島らと四人で食事をとることになり、灰島から事前に指定があった、赤坂駅前の創作中華料理店〈堂華楼（どうかろう）〉に入った。灰島曰く、数ある看板メニューの中でもドーナツが絶品であるらしい。

チャイナドレス姿の女性が忙（せわ）しなく広間を行き交う。孔雀の羽の模様のカーペットは、彼女たちの足音の一切を吸収して素知らぬ顔をしている。中国趣味の店内は、これから出てくる料理への想像力を刺激した。

実際、最初に出てきたふかひれのスープは、一口飲むだけでそのコクに頬が弛緩してしまうほど、極上の逸品だった。

戸影は灰島と会うのが初めてということもあって、かなり緊張しているようだが、こちらもその緊張をどうこうしてやれるほど心に余裕があるわけでもない。強張った面持ちでスープを口に運ぶ。場の雰囲気はともかく、最高のふかひれスープを飲めたことで今日は合格という気がした。

「それで、私のヒントから謎を解くことはできたかな？」

灰島がそう切り出したのは、スープを飲み終え、ドーナツを待つ間のことだ。

「浮かない顔をしているところを見ると、まだ考え込んでいるようだが」

その言葉に、唐草がおや、という顔になった。唐草教授はただ自分と灰島は研究の話をしたものと思っていたはずだ。

「大丈夫です、もう忘れましたから」

唐草教授まで交えてするほどの話とは思えない。もっとほかに重要な話があるはずだ。第一、こちらはまだ答えを出していない。

いや――それは嘘か。

答えが出ていなければ、ここへ来るはずがない。

「だいぶ甘い対応をしてやったんだ。わかりませんでした、だなんて、私をがっかりさせるな。君はそんな無能な人間か？」

「……今ここでするのが適切な話題とも思えません」

灰島の解説の話でも、何でもいい。実際、灰島の解説自体は刺激に富んだものだった。

しかし、灰島の関心がそこにないのは明らかだった。

「おや、灰島クンはすでに彼女の身の上相談に乗れるほど親交を深めたのかね？」

唐草教授はやや驚いたように尋ねた。人見知り体質のこちらの性格をよく知っているからだろう。

「さて、何のことか……それで、君は何か悩んでいたのかね？」

「白々しいな。あんたの仕向けたことだ」

唐草教授はとぼけて尋ねた。

「いいえ、もう解決しましたので、本当に……」

「解決していない。むしろ厄介になっている、と顔に書いてある」

灰島は決めつける。

「第一に、君はさっきからグラスの水滴でテーブルにアルファベットを描いている。最初はE、次はA、その次はPとかなり不規則だ。つまり、何かの単語が気がかりというより、自分でも処理しきれない情報を考えあぐねているわけだ。それで手持ち無沙汰に気がつくとエドガー・アラン・ポオの頭文字をなぞってしまう」

自分でもあきれるほどわかりやすすぎたようだ。

観念して、葉書を鞄から取り出した。アルファベットが羅列されている葉書は、他人に見せることで改めて異様性を増したようだった。

テーブルに置いてから気づいたことがあった。葉書の上部の部分が微かに破れて欠けているのだ。鞄の中でそうなったのだろうか？　いや、ポストから取り出した後、かなりそっとしまったはず。

「これは……」

TEAKEATOILIOMOANOAGAATAALIA
AKHENNASAHIKTKONNTAJISAIARI
KIAHIANAESHAITATJHINPARKHIM
TMAMATSATKATLUTDEIWATCHIIDK
HIACHAIWEOSTUTASUTMOGOTOTAS
AHNATNAHYEGAATIASKHITMETOKJ

絶句する戸影に対し、唐草教授は嬉しそうにニヤリとして口髭を指先で弄び始めた。

「『黄金虫』だね」

「え？」

エドガー・アラン・ポオの短篇がここで持ち出されようとは思わなかった。灰島はそれをちらっと見ただけで次のように断言した。

「これは、暗号だろう」

「やっぱり、暗号なんですね……」

なぜ暗号文が、我が家のポストに投函されねばならないのか。

唐草教授は葉書を手にとって顔を近づける。

「ぱっと見て意味がわからないということは、暗に仄めかされたメッセージなのか、単なるでたらめか。単なるでたらめだと思っていたなら、そんな思いつめた顔にはなっていないはずだが」

その通りだった。そこにある意味を読み解きたいような、そうすることが怖いような。

その理由は、やはりあのドッペルゲンガーにある。

唐草教授にも、昨日見た、自分そっくりの女性のことを話し、それについての灰島の解釈も添えた。それから三人に向けて、母もまたその女性を目撃したことなどを話した。灰島は言う。

「しかし、私の解釈は君の母君が目撃したと聞く前のものだ。君の母君にまで見えたとなると、話は変わってくる。ことは簡単な心理学的領域では片づけられない」

灰島はなぜか嬉しそうに言った。まるで、物事が彼にとって好都合な方面へと進み始めているみたいに。戸影の目撃談については、まだ話していなかった。戸影の情報までいっしょくたにしていいものか、自信がなかったのだ。

「つまり」と戸影が割って入る。「第三者にとっても、その女性は先輩に似ているわけですね」

戸影がこのように確認してくるのは、ほら自分が見たのもそうですよ、と言いたいからだろう。

「まあ、第三者といっても母だけどね」と一応言っておく。

「母親であればこそ」灰島が口を開く。「君の特徴をよく摑んでいる、ともいえる。ただの知人なら、見間違いもあるだろうが、母親ならなかなかそういうこともなさそうだ」

灰島は眉間に皺を寄せながら、杏仁豆腐ドーナツを食べていた。杏仁豆腐ドーナツはこの店の人気メニューらしい。我々三人は小籠包（しょうろんぽう）を食べて、デザートにドーナツという腹積もりだったが、ドーナツ党の灰島にはそんな前段は不要のようだ。

「君に似た女性が実在するか、あるいは——君自身だったのか」

「私自身ですって？」

そうだよ、と灰島はこともなげに言った。

「最近の睡眠時間は？」

「五時間程度ですけど……」

「短いな。まして今の君は博士研究員一年目。院生時代に比べて精神状態が不安定になりやすい時期だ。白昼に、無意識で自分の意思に反した行動をとっている、ということはあり得るだろう」

「……本気で言ってるんですか？」

「睡眠時遊行症という症例は実際に多く存在する。非現実的なことを言っているとは思わないね」

「それはないですよ。母が私を目撃した時間、私は大学にいましたし、そのことは灰島さんがよくご存じのはず」

「君の母君の、時間に関しての記憶が間違っているのかも知れない」

「そこまで言います？」

「すべては可能性だ。しかし、君にそっくりな女性が、君以外の人間に目撃されたことで、君だけの妄想という可能性はなくなった。

君によく似た女性をAと置く。するとと、現状、以下のような選択肢が考えられる。

- Aは実在すると考えた場合
  - たまたま君と無関係のAが目撃された。
  - Aは意図的に君の周辺をうろついていた。
- Aは実在しないと考えた場合
  - 君と母君は別々の時間／場所で、同じ幻影を見た。
  - 母君が、Aの幻影に悩む君をからかって嘘を言った。

大まかに考えてこの四通りが考えられる」

何らかの意図で似た顔の女性がうろついていたと考えると、ひどく不気味だった。鏡の中の女が、こちらを尾け狙っている。最初に彼女を見たときの印象は、じつはそれがいちばん近かったのだ。

だが、いま自分が指摘したかったのはそのことではなかった。

「……ほかの三つはともかく、最後の一つ、母が私をからかったというのは納得がいきません。そんな馬鹿な可能性はあるわけがありませんから」

「なぜそう言い切れる？　君に言えない理由があるのかも知れない。その場合、この葉書の差出人も君の母君ということもあり得る」

「どういうことですか？」

「仮説1、君の母君は、君が自分に似た幻影を身近に感じたことを、どこかで察知する。たとえば、そう、君が駅前で赤の他人を追いかけていく様子を後ろから眺めていたとしたらどうだ？」

たしかにあの時、自分は母と駅前で別れた直後だった。プラム通りへ向けて追いかける姿を、母は見ることができたかも知れない。

けれど、あの一瞬で、自分が何を追いかけたかまで把握できただろうか。

「エミリー・サジェ事件を知っているか？」

「ええ」

昨日、戸影に聞いたばかりだ。戸影にちらっと目をやると、嬉しそうにニヤニヤしている。

「でも、さすがにあんな超常現象を今回の件に当て嵌めるのは……」

「あれが超常現象となっているのは、起こった時代が十九世紀だからだ。もしも現代に起こっていれば、何らかの解決がついていたはずだ。たとえば、関係者が皆でエミリー・サジェに嫌悪感をもっていたら、集団で彼女をからかうことは可能だろう」

「今回の件をそれに当て嵌める気ですか？」

「ほかにも可能性は考えられる。共同で知覚する幻想だ。たとえば、君と母君には共通の過去の記憶がある。その記憶が、全身白のコスチュームを纏った君という幻影を見せている。エミリー・サジェの場合だって、幻想が共有されていた可能性は否めない。人間の脳は、一度個人情報が辺縁系に送られると、そうとしか認識できなくなってしまう」

「母と私が共同で知覚する幻想ですか……思いつきません」

母と長い時間を共にしてきた、という意味では、何かを共有しているはずではある。だが、そのなかに全身白のコスチュームというものは含まれていない。

「ではその線はなしか」

唐草教授は楽しそうに笑った。

そこでようやく我々には本日初の、灰島には二品目の、ドーナッツが登場する。愛玉子(オーギョーチー)ドーナッツ、ライチドーナッツ、桃饅頭ドーナッツ……いまやそれらは、穴の開いた形状になっていればドーナッツと呼ばれ得るという確証を得て中華の世界へ羽ばたいたかのようだった。

4

灰島はドーナツを美味しそうに食べることにかけては、誰よりも秀でていた。灰島の歯が生地をさっくりと咀嚼しきるところまでがドーナツの世界であるかのように見えた。ドーナツを食べるために生まれてきたような男だ。

灰島は手にしたドーナツの最後の一欠片をきれいに胃袋に収めると、こちらに向き直って、さらに推理を披露する。

「もう一つ、クロス型の選択肢も存在する。Aは実在すると考えた場合で、君の母君に頼まれて、君に似た背格好の人物が君の視界に入る場所に立っていたのだとしたらどうだ？」

「母が頼むって……何のためにそんなことをするんですか？」

複数の人間が同じ幻想を見るのは非現実的だが、母がこちらを嵌めようとしているというアイデアはそれ以上に非現実的だ。

「動機は後で考えればいい。もしダミーを雇えば、君の母君は君にドッペルゲンガーの可能性を感じさせることに成功する」

昨夜の会話が思い出される。

まるでタイミングを図ったみたいに、母がマンションを見上げる女性の話を出した。あれが、母の計画だった？

「君がプラム通りへ消えたドッペルゲンガーのことを考えているタイミングで、君にそっくりな女性がマンションを見上げていたと告げれば、君はどうしたって自分の目撃した女性と重ねてしまうだろう」

たしかに、自分はそのように考えた。考えないわけにはいかなかった。同じ日に別の二人が自分にそっくりな人間を目撃するなんて偶然が起こるわけがないからだ。

「ふむ。灰島クンの推理は面白いな」唐草教授は腕を組んで唸った。「そうなると、葉書の仕掛け人も母君ということになるが、動機は何かね？」

「動機まで探るには、いささか文献不足だ」

灰島が唐草教授に対して慇懃な口をきくのでハラハラしてしまうが、唐草教授のほうは気にするふうがない。

「文献不足？」

「彼女の母君がどんな人なのかよく知らない」

「母は……」

言い淀んだこちらの気配を察して、唐草教授が尋ねる。

「言わないほうがいいかね？」

「……いえ、そういうわけではありません」

本当は直前まで迷っていた。不用意に母の素性を灰島に晒すことが、少し怖かったのだ。だが、もしかしたらそれはこの葉書の謎を解くうえで必要な情報かも知れない。

「彼女の母君は、国内でも有名な『竹取物語』の研究者だ」

唐草の言葉に、予想外に灰島は母の名前を口に出した。

「なるほど……。では君の母君が葉書の差出人なら、彼女のけしかけた禅問答という可能性もある。『竹取物語』の中にはいくつか謎が隠されているという話を聞いたことがあるね」

言われて思い出したのは、今から四年程前に出会った謎のことだ。黒猫の謎解きによって、衣装戸棚に隠されていたでたらめな地図が解かれたのだ。

でたらめな地図。

でたらめな文字列。

母が、葉書を仕掛けた。何のために？

「君の母君は、もしかしたら君の将来を心配しているのかも知れないね」

唐草教授は神妙に頷きながらそんなことをのたまう。

「君はいつも自分自身にブレーキをかけてしまうところがある。謎に興味をもった時はとことん調べるが、それ以外のこととなると、極めて奥ゆかしい。母君からしたら、そのブレーキがもどかしいのかも知れない」

そんなふうに唐草教授に分析されてしまうと、いささか気恥ずかしくなってしまう。

「君は年齢にしては言動が若々しくないからな」と灰島。

灰島は相槌の打ち方を学校で習わなかったらしい。

「動機はさておき、母君は君にドッペルゲンガーの存在を信じ込ませ、葉書もそのドッペルゲンガーが送ったものと思わせた。であるならば、その葉書に書かれた暗号も、母君の行動図式に則って、君のドッペルゲンガーが記したものと仮定して解くのが正しいのかも知れない。君の恋人でも、そう言うだろうな」

黒猫を引き合いに出したことは、大いにこちらの心をくすぐった。距離が微妙になりつつあるからこそ、黒猫のとりそうな方法論に頼りたい自分がいる。

それにしても、唐草教授まで、いつの間に黒猫との関係を？　はっきりと交際報告した記憶はないのに、まったく油断ならない。

「恋人がいるのか。恐らく君より博識な恋人がいるのだろうという気はしていたが。君の落ちついた物腰の理由がこれでわかった」

何もかもを手中に収めるかのごとき灰島の発言が気に障（さわ）ったが、空気を読まない戸影がさらに情報を追加した。

「先輩の恋人は黒猫先生なんですよ。今は出張でいませんけど、普段なら、もうべったり一緒にいるからとても近づく隙はありません」

「さ……最近はそんなに一緒にいないでしょ……」

おのれ戸影、余計なことをぺらぺらと。

「あの若い美学者か。納得だ。君の纏った凜とした空気の一端は彼が紡いでいるわけだ」

灰島が満足げに微笑んだ。もっとも嫌な相手に尻尾を握られた気分だ。

「先輩のドッペルゲンガーってことは、やっぱりポオ研究をしてるんですかね？」

不意に戸影が口を開く。何気なく言ったであろう一言は、彼の想像していた以上にこちらを動揺させた。

「なに馬鹿なこと言ってるの……」

そう言いながら、頭の中でイメージが爆ぜる。

自分の部屋から、研究資料を持って消えるもう一人の自分。

あれは夢よ。

そう自分に言い聞かせるが、脳裏にイメージがこびりついている。まるで、本当にあの女性が家に入り込むのを見たみたいに。

「君は昨夜、ドッペルゲンガーの夢を見たんじゃないか?」

灰島は痛いところを突いてくる。

「見ました……」

「だとしたら、それも君の母君の策略だ。この世は精緻な機械のようなものだ。まやかしも幻想もありはしない。すべては、君という人間から生じた反美学的現象なのさ。そして、現代では反美学的でないものは、真相の名に値しない」

その言葉は、美しいものだけが真相の名に値するという黒猫の言葉の反対を志向しているようでもあった。

「でも、夢を見せるなんて、魔術師でもなければ無理です」

「そんなことはない。まず、君の寝ている間に、君の服装で部屋に入る。人間は寝ている間も視覚野が働いていて、それが夢に影響することもある。母君のそうした行為がぼんやりと夢に反映されることはあるだろう。夢の中で君は何をされたんだ?」

「ポオの文献を……」

「なるほど、君そっくりの女が、君の参考文献を持ち去ったわけか」

一を聞けば百を素早く察知する男だ。この男に先回りされて論文を糾弾されたらトラウマになるかも知れない。

「はい。でも、もちろんそれは夢で、実際には何も本は持ち去られていませんでした」

「そういう夢を、恣意的に見せたのかも知れない。どうやら、母君はいささか風変わりな方法で君に何かを伝えたいらしいな」

灰島は縁なし眼鏡を外して拭くと、それをポケットにしまった。端整な顔立ちがいっそう際立って見えた。

首を横に振った。

「あり得ません。母が、そんなことをするはずはありませんから」

灰島は何も言い返さず、否定とも肯定とも取れるふうに曖昧に数度頷いた。

5

「それで、昨日の宿題はできたのかな？　それとも、この新たな議題のために、宿題に集中できなかったとでも言う気か？」

「ドッペルゲンガーをオブジェとして考える、という意味については、私なりに解釈して、私にそっくりな人間とは考えずに、〈類似記号A〉と置き換えてみることにしました。オブジェとなると、それが配置される場所が重要な意味を持ち始めます」

「ふふ、面白い考察だ」

灰島が身を乗り出しつつ、ドーナツを口に入れてゆっくり咀嚼した。

「〈A〉はどこに現れたのか。今のところは所無駅前と私の自宅前。それと――」

ちらりと戸影を見やる。

「じつは彼が一昨日、新宿で〈A〉を見かけたと言っていました。新宿と所無というとバラバラに見えますが、すべて私の関係者の目につく場所という共通項があるとも言えます」

「そう。オブジェとして見ることで、周囲に初めて注意が向けられる。すると、風景の中には君や母君、君の後輩が含まれていることが見えてくる。こうした特徴は、ドッペルゲンガーに囚われているうちは決して見えてこないものだ。まあ、ぎりぎり及第点だということにしてやるか」

苦笑まじりに灰島はそう言った。

「ありがとうございます……」

「調子に乗るな。ドーナツの前では判断が甘くなるだけのことだ」

灰島は祈りでも捧げるようにドーナツを食べているさなかである。一人だけドーナツを食べる速度がはやい。細身でありながら、かくも大量のドーナツを消費するとは、いったいどんな身体構造をしているのか。

「それに、オブジェと置いたことで風景の中にある共通項は見えたが、それが偶然であるか必然であるかを見分ける材料がない。真相は依然として藪の中だ」

「ええ、それはそうですが……」

「テクストのことはこの際脇に置いておけ。引き続き、君自身を見ろ。君自身を調べろ。ポオ研究者の視点からこの葉書を見てみると、すぐにピンとくる小説があるはずだが？さっき唐草のオッサンが口にした小説だ」

「……『黄金虫』ですね？」

この葉書に記されたアルファベットは極めて几帳面な文字で、縦六文字、横二十七文字に、線でも引いてから書いたみたいに折り目正しく記されている。

暗号といえば『黄金虫』。ポオ研究者である自分に向ける謎としては、しっくりくる。現に自分は行きの電車でこの葉書のことばかり考えていた。

その意味で、差出人の思惑は当たったと言えるのかも知れない。

「『黄金虫』の通りなら、まずは換字式暗号の可能性を疑うべきだろうね」

「なるほど……」

「黄金虫」は暗号解読をテーマにした小説で、その暗号とは記号をアルファベットに置き換えて読み解く換字式暗号というものだった。その際、ポオはアルファベットの使用頻度を手掛かりに、数字と記号の羅列を読み解いていった。でたらめな並び方のアルファベットで編まれたあの葉書との関連性を感じる。

ここまでのところで、灰島の恐るべき推理は一見、正鵠（せいこく）を射ているように思われた。ポオ研究者としての「私」から自分へのメッセージ「として」解読せよ。出題者は母。ただし、いくらそう考えるのが妥当だと言われたところで、母がそんなことをするとは思えない。

もっとも、昔から遊びを仕掛けるのが好きな人ではあった。

いちばん面白かったのは、ある夏に公園まで蝉の抜け殻を集めて歩いてごらんと言われたことだった。こっちはわけがわからなかったけれど、蝉の抜け殻を集めること自体は楽しそうだと思って、よく考えもせずにその案に乗った。

全部で十個拾うと、そのうちの六個に新聞の文字を切り抜いた小さな紙片が入っている。つなぎ合わせていくと、〈ハナビショウ〉のメッセージが現れる。それを持って母のところへ行くと、「そうか、花火がしたいのね。仕方ないわね、今夜やりましょう」と母はあたかもこちらが要求したかのように言いながら、部屋の奥から花火セットを取り出すのだった。

母が花火の袋を開けるのを、こちらは母が魔法でも掛けているかのような面持ちで見守っていた。それからマンションの駐車場で、二人で言葉少なに花火を楽しんだ。花火を見つめている母の目は真剣だった。まるでちりちりと光る火花の中に、失われた時間が眠っていると信じているみたいだった。

そういう時の母は花火にも劣らず美しく儚かった。昔から、母のことをどこか神聖視している。母は遠くて、手の届かない人。つねに自分には言わない何かべつの想いを抱き、ここではないどこか、透明な世界を生きている人。けれど、懸命に自分を育ててくれる人。

幼い頃の自分にとって、母は世界のすべてだった。

そして、今は——誰よりも自分をわかっている理解者。

やっぱり、仕掛け人は母じゃない。

でも、灰島は母を仕掛け人に仮定して考え始めている。灰島は「動機のことは置いておけ」と言った。ならば、ここは「母がやるはずがない」という考えを脇に置いて、灰島の流儀に従ってみるべきなのか。

「『黄金虫』という小説は近代的純粋理性によって真理に到達できることを証明するために書かれた小説だが、じつは、べつの読み解き方も可能だ。語り手の友人であるルグランは実際にあの暗号を解くことで財宝を手にする。語り手には、はじめルグランの意味不明な言動が、狂気に見える。そのからくりがわかるのは、暗号解読を待ってのこと。皮肉だと思わないか？　明晰な知性をもつルグランが、暗号解読によって得た財宝に喜びを露わにする姿は、狂気に駆られて見えた前半よりも恥辱に塗れている。ルグランは、狂気を手放し、純粋理性によって自己統制を図った途端に滑稽に堕す。少なくとも、エスプリの精神の側から見れば、そうだ」

「どういう意味ですか？」

「ポオは必ずしも、科学や純粋理性を賛美しているわけじゃない。ルグランは本当に、純粋理性の人間なのかどうか。最後の高笑いは、純粋理性さえも、単にポオが乗りこなす船に過ぎないということを示すサインだとは思わないか？　それこそ、ポオはこの作中において、後のモダニズムの傾向を鋭く読み取っているのさ。今後は科学と足並みを揃え、機能的で、抑制された、無機質なデザインこそが文明の華になっていく、と。ポオはルグランの高笑いによって、自分がその彼岸に立っていることを明確に示した」

「面白い考察だ。『黄金虫』の中に、〈反美学〉の萌芽が刻印されているわけかね」

唐草教授が身を乗り出す。だが、灰島は気にも留めずに言葉を続ける。その言葉は、唐草教授や戸影はここにおらず、こちらにだけ発しているように感じられる。

「『黄金虫』の発表年はいつだ？」

「一八四三年に《フィラデルフィア・ダラー・ニュースペーパー》紙の懸賞に当選して、六月に二回に分けて掲載されています」

「対して、『ピム』は？」

「三七年に《サザン・リテラシー・メッセンジャー》誌にはじめの数章が掲載されました。これを機にポオは編集者を辞めています。『黄金虫』より六年も前のことです」

「つまり、背水の陣で〈反美学〉の源流たる作品を書き上げた後、ポオは『黄金虫』を書き、さらに探偵小説を書き始めた。その後、最終的には『アルンハイムの地所』やその続篇という体裁をとる『ランダーの別荘』を書いているところに注目してみろ。これら二作の、一見筋をもたぬ風景譚の特徴を述べよ」

「人工美と自然美が渾然となって区別のない世界……」

「そういうことだよ。モダニズムに傾いたわけじゃない。最終目標はその先だ。モダニズムが完全に自然美と融和することなんだよ。純粋理性のオブジェに苔が生える場面こそ、ポオが夢見た理想郷と言えるんじゃないか？　その一端が見えるのが、暗号の中の一文。〈A good glass in the bishop's hostel in the devil's seat〉。作中ではそれを実際の土地と結びつけているが、二重の解釈もできる。すなわち〈悪魔の椅子の中の、主教の宿の中にある美しいグラス〉。これはポオ作品全体の特徴ではないか？　読者に喜ばれるのは、はじめの怪奇やグロテスクという〈悪魔の椅子〉が、純粋理性という〈主教の宿〉によって解き明かされるところにあるが、それらは〈悪魔の椅子〉の中にあるものだ、という。これは、モダニズムを反省的に超克していくものとしての〈反美学〉の提示だ。『ピム』から一貫している。

ポオのテクストはあまねく〈反美学〉の書として、モダニズムへ走る世界に警鐘を鳴らしていた。それこそ、暗号文に仕込まれたこの意味に、百八十年近い時を経て、私が辿り着いたところに、『黄金虫』というテクストの外側に配されたもう一つの物語の地平が広がっている。

そして、同じくポオのテクストに〈反美学〉を読み取った嗅覚の鋭いお嬢さんがここにいる。彼女は己と生き写しの〈ウィリアム・ウィルソン〉に苦しめられ、その〈ウィリアム・ウィルソン〉が提示する暗号を私の前に持って現れる。もしかすると、この暗号を解くことで、君のポオへの考え方が変わるのかも知れない。であれば、これは私にとっても重要な謎というわけだ」

灰島はそう言って何やら一人で面白がり始めている。だが、こちらは真剣だった。その葉書は、おそらく自分に向けられたもの。

「さっき、母が企んだのでは、と灰島さんは推理されましたが、根拠はあるんですか？」

「現段階ではそう考えることが妥当に見えるというだけだ。
①ポオ学者としての君を知っており、
②いつでも葉書を投函できる場所にいて、
③Aを目撃した君以外の人間の一人であり、
④二重身の夢を君に見せることも可能。
これ以上の状況的証拠は、ほかの人間にはあり得ない。その時点で、ほぼ犯人は断定されているとさえ言うことができる」

灰島は、炭酸水に梅の果肉を入れて一気にストローで飲み切った。

「ドーナツは美味なスイーツだが、難点は消化を促すために炭酸水が最適解だということだ。本来は珈琲を共にしたいところだが、あいにく炭酸水がベストでありこの点はじつに悩ましい」

歌うようにそんなことを言う灰島は、いまや完全に一人の世界にいるかのようだった。彼にとっては、ドーナツと胃袋の問題のほうが関心事であるに違いない。

「いや、これ、まじで面白いっすね。僕、久々に興奮してます！」

戸影が葉書を眺めながら頬を紅潮させて言う。

「興奮しなくていいから」

「だが、本当に面白い」と唐草教授。「こうなったら、我々のうちだれが最初にこの暗号を解読できるのか、試してみないかね？　どうだろうか、灰島クン」

灰島は鼻を鳴らして立ち上がり、

「まあ、せいぜいない知恵で頑張れ」

とだけ言い残すと、出口へ向かって去って行った。

「いけ好かない奴」

ぼそりと言う戸影の横で、唐草教授が楽しげに微笑んだ。

黒猫のいない夜のディストピアⅤ　暗号遊戯

1

　その後、ひとしきり唐草教授と戸影とで推理合戦が行なわれた。みなの口の中が甘ったるくなったからか、烏龍茶を啜っている。

　先攻は戸影。彼も年々研究者として頼もしくなりつつある。その推理にも一聴に値するところはあるかも知れない。

「灰島さんの推理どおり、一連の出来事が先輩のお母様が先輩に向けて作った遊戯だとしたら、という仮定に立って考えてみます」

　戸影ははじめにそう前置きをした。

「最初に目に飛び込んでくるのが四行目です。左からみて二番目から読むとＭＡＭＡの四文字が読めますよね。これが署名であり、〈鍵〉であると考えます」

「署名というのは、つまり葉書の差出人だということね？」

「そうです。そして、このMAMAの両サイドがTで囲まれていることがポイントですよ。すなわち四文字以内でTに囲まれている文字だけを読む、というものです。一度使ったTは二度使いませんよ。すると、面白い文字が浮かび上がってきます」

TEAKEATOILIOMOANOAGAATAALIA
AKHENNASAHIKTKONNTAJISAIARI
KIAHIANAESHAITATJHINPARKHIM
TMAMATSATKATLUTDEIWATCHIIDK
HIACHAIWEOSTUTASUTMOGOTOTAS
AHNATNAHYEGAATIASKHITMETOKJ

「通して読むと、〈こんなままかうもごめ〉と読めます。〈かう〉は英語で雌牛ですから、〈うし〉と考えます。〈うし〉は古語で〈つらい＝憂し〉という意味があります。後ろの〈も〉は伸ばして〈もう〉と牛の声を掛けているのでしょう。つまり、〈こんなママでつらい。モォ〜ごめん〉とちょっとふざけたメッセージを伝えていると考えられるんです」

「ほう……なるほど」

唐草教授は口元を綻ばせる。

「古語を使うというのは、彼女の母君らしい暗号だ。この短時間でそれだけの法則を見つけ出すとは驚いたね」

「いやいや、愛する者のためですよ」

「はい？」

一応、睨んでおいた。

「だが、〈ごめ〉で止まるのはもったいない気がしないかね？」

それは自分も感じた。そうでなくとも、このメッセージはどうにも母らしくない。

「んん、そこはスペース上しょうがなかったんじゃないですかね」

「そんなことはないだろう。ほかの文字がすべてダミーなら、最後まで暗号文を入力してから他の文字列を当てればいいんだ。何もそんな窮屈なことをする理由はあるまい」

「そうですけど……でも、これだけ意味があるんですから」

「ちょっと待ってよ。母は自分のことママなんて呼ばないし、私もお母さんって呼んでる。こんな暗号文でだけ自分をママって呼ぶのはやっぱりおかしいと思う」

すると、今度は唐草教授が満を持してとばかりに口を開いた。

「さきほど灰島クンが指摘していたとおり、暗号には〈鍵〉がつきものだ。私はこの文字表を見たとき、あまりにAが多すぎるのが何かのヒントかな、と思った。たとえば、二つのAで二文字ないし一文字が挟まれている部分がけっこうある。この場合、二つの考え方があるだろう。一つ目は、Aを中心に見ていくことで、ある法則に辿り着けるという場合。もう一つは、このAの多さが単なるカムフラージュであるという場合だね」

「カムフラージュ……？」

「そう。木は森に隠せという。わざとAを多く配置することで本質をわからなくさせようとしたのではないか」

「なるほど。その場合、ほとんどのAには意味がないことになりますね」

「そういうことだ。さて、では試しにさっき言ったやり方でアルファベットを見ていこうか」

2

アルファベットのAはなるほどこうして見ていくと極めて多く、じつに三十六個もあった。これは全アルファベットの中でも断トツの登場率である。

「この中で、前後のアルファベットと単語を形成するものを列挙してみよう。まず一行目。TEA。これは紅茶という意味になる」

「紅茶がどうしたっていうんですか？」

不服そうに戸影が尋ねる。

「まあそう焦らないで。今はひとまず列挙するにとどめよう。次、二行目のASAHI。TEAに比べると、文字数が多い分、偶然性は低そうだ。だが、そう思っていくと、同じ列にもっと偶然性の低そうなものが登場する」

「え、どれですか?……あ！」

思わず驚いて声をあげてしまった。

「AJISAI……紫陽花、でしょうか」

「それだけじゃない、その下にやはりAを含むPARKという単語が飛び込んでくる」

「四行目には僕がさっき言ったＭＡＭＡもありますけどね」

戸影はややふてくされ気味に言う。今は戸影の推論を否定する場ではないのに。

「うむ。だが、同じ行にＷＡＴＣＨという単語がある。これはさっきのＡＪＩＳＡＩ、ＰＡＲＫの下にあるのも興味深い。あとＡを含むもので単語になりそうなのは、最後の行のＡＳＫくらいだ。この中で、仮に、ＡＪＩＳＡＩこそが、本当に隠したかった文字列だとしてみようか」

「仮に、ってことですね？」

戸影はまだやや口をとがらせているものの、好奇心には打ち克てぬ様子だ。

「季語を含んだ遊戯と考えれば納得のキーワードだ。このＡＪＩＳＡＩの六文字の下にある文字を見ていこう」

唐草教授はそう言って紙に書き出していく。

2行目　AJISAI
3行目　INPARK
4行目　WATCHI
5行目　MOGOTO
6行目　HITMET

「これを英語風に見ていくと、
Ajisai in park／Watch IMO／Go to hit met
　みたいに読める」

「たしかに英語の動詞や前置詞、助詞があって文章っぽく見えます。でも何のことだかさっぱりわかりませんよ。公園にある紫陽花という部分まではよいとして、Watch IMOって何ですか？」

「IMOというのは、国際流星機構といって、地球に飛来する小惑星や流星を観測するための国を超えた協力組織だ」

「その組織を見ろというのは、どういう意味なんでしょうか？」

「さあ。さっぱりわからないね。だが、次のGo to hit metなんて興味深い。Metというのは、国際流星機構が毎年九月に開催する国際会議、annual International Meteor Conferenceのことじゃないかと読めるからだ。つまり、この葉書の書き手は、宇宙人だということだ」

　がっくりと戸影が首をうなだれる。

「唐草先生、そりゃないっすよ、まじめに聞いていたのに」

「はっはっは。だが、もしも彼女の母君のジョークなら、なかなか面白いじゃないか。公園の紫陽花を惑星に見立てているのかも知れない。〈我々は公園に不時着したアジサイなる宇宙人だ。ＩＭＯを見張ってくれ。そして九月の会議の日に攻撃せよ〉」

あまりに途方もない発想だが、少しだけ乗ってみることにした。

「なぜ宇宙人はＩＭＯを敵視しているんですか？」

「自分たちが何者かに目撃されたからだろう」

思わず噴き出してしまった。

「もちろん馬鹿げたものではあるがね」

「なくはないかも知れません。母は昔、蟬の抜け殻に新聞の切り抜きを入れて、私に暗号文を辿らせたことがあるんです。今回も、たとえば近所の公園に行ったら、その紫陽花のところで何かべつのメッセージを発見する、というオチだとも考えられます」

唐草教授は、ピンと尖った髭を撫でた。

「だが、率直に言って、こんなメッセージを見せるために暗号を作ったとは考えにくい。ものの十分や十五分でこれだけの可能性が出てくるなら、いくらでも誤読ができるのではないだろうか？　それこそ、作品の解体と同じで、〈解釈は一つではない〉が答えかも知れない。いずれにせよ、今の戸影クンの解読も私の解読も、君の母君が出題者だという前提になっている。もっと広く、柔軟に考えたほうがいいね」

「そうですね」

「さて、まだまだ興味は尽きないが、この愉しみは君と灰島クンにお任せするとして……」

　唐草教授はそう言っておもむろに立ち上がる。

「戸影クン、研究室に戻ろうか。昨夜電話したとおり、君に手伝ってほしいことがあるんだ」

「うっ……そうでした！　でも先生、今日はせっかくの休みですし、急がなくても……」

「週明けに提出予定の論文の件で、君のレジュメ上の重大な欠陥を見つけてしまったのだが、また今度にしておくかね？」

「えっ！　ま、マジですか……お、教えてください、今すぐに」

「ではひとまず研究室に戻るとしよう」

　戸影はまずいぞというふうに頭を抱えた。今から欠陥を指摘されたのでは、徹夜作業必至だろう。まあそれも仕方あるまい。ご愁傷様。

　戸影の肩をポンと叩いた。

「がんばりたまえ、君は研究に愛されている自信があるか？」

「……黒猫先生の真似で妙なプレッシャーかけないでくださいよぉ」

戸影が泣きながら訴えるのを、ハイハイとやり過ごしながら、黒猫のことを考えた。黒猫に相談すれば、すぐに解決することかも知れないのに。何でも頼っていてはダメ。これは自分が解かぶりを振る。弱い自分を追い払うために。くべき謎なんだから。

3

唐草教授と戸影はタクシーで大学に戻るというので、現地で別れることになった。

気分はひどく塞いでいた。唯一明るい要素があるとすれば、雨が止んだことくらいだった。道のそこかしこにできた水たまりをよけながら、考えはあの葉書に戻っていく。

自分にそっくりな女性を見たという事実が、あの暗号を解読するための方程式につながるのかも知れない。

一人で頭を悩ませながら、エスプラナード赤坂通りへ出たところで、思いがけない人物に遭遇することになった。

チフォネリのスーツに身を包んだ長身の男。高い知性を内に秘めた目と、一本たりとも乱れのないオールバック。名のある職人に彫らせたような高い鼻。皮肉に満ちた口元の微笑——。

灰島が、まっすぐこちらを見て立っていた。

その佇(たたず)まいから、明確にこちらを待っていたとわかった。

「やっと邪魔者が消えたか」

「私が一人になるのを待っていたんですか？」

「そうだ。二人は比較的大きな鞄を持ち歩いていた。研究室に帰るのだろうと見当がついていた。学生一人ならともかく、学部長が一緒となれば、電車で戻ることは考えにくい。ならば、二人はタクシー。君は駅へ向かう。こんなのは推理というほどじゃないが」

「……私とまだ話をしてくださるんですか？」

灰島は首をすくめると、ポケットから丁寧にワックスペーパーに包まれたドーナツを一つ取り出す。さっきの店で、テイクアウトしたようだ。灰島はそれを口に運びながら、尋ねた。

「シナモンドーナツのいけないところは何かわかるかね？」

「……何でしょう」

「こんなふうに髭になってしまうところだ」

彼はそう言って口に粉のついた顔を見せた。こんな場面でジョークをかまされるとは思わず、噴き出してしまった。

「やっと笑ったな」

灰島は口元をハンカチで拭った。

「笑わせたいと思っていたとは知りませんでした」

「笑顔に興味はないが、笑わない人間もいる。君はそうではなかったことがわかった」

「……そうですか」

調子の狂わされる相手だ。

「タクシーに乗ろう。送る」

「え、ちょっと……」

灰島教授はこちらの手を引きながら道路の白線の外側に半歩乗り出すと、手を上げてタクシーを止めた。

「君の家は所無だったな。私の家は、S公園駅にある」

「え……？」

まさか黒猫と同じ駅の圏内に住んでいるとは思わなかった。

「君を待っていたのは、話の続きをしたいだろうと思ったのが一つ。それから、暗号に関してのヒントをやるのが一つ。それと、単に帰る方向が同じだからだ。それ以上の意味はない」

「……ありがとうございます」

実際、灰島には下心という言葉はふさわしくないように感じられた。仮にそのようなものがあるとしても、学問的探究心や典雅な趣味と渾然一体となっていて、こちらからは見分けがつかないに違いない。

何でもいいわ。自分がなびかなければいいだけの話だもの。

タクシーのドアが開く。

灰島がわざとらしく一礼した。

「どうぞ、お嬢さま。特等席をご用意しております」

断る術はなかった。心を固めると、招きに応じて、タクシーに乗り込んだ。

走り出して、しばらくしたところで、灰島が口を開いた。

「率直なところ、君はさっきの私の考えを聞いてどう思ったのかね？　本当に君の母君があんな手の込んだ悪戯をすると思うか？」

「思えません」

「だろうな。現実的に考えるのならば、自分の娘にドッペルゲンガーを信じ込ませてまで伝えたいことがあるなんて、尋常な精神ではない。だが、もしも誰かに監視されている状況で何かを伝えたいのならばどうだ？　暗号とはそもそも、他者に知られたくない情報を二者の間で共有するためにあるものだからね」

「誰に監視されているというんですか？」

「心当たりはないのか？」

「思いつきません」

灰島は一息つくと話題を変えた。

「さっきの暗号は、換字式暗号ではないようだった」

「えっ……もう暗号を解読したんですか？」

「まだ途中だ。だが、文字列から言うと、換字式よりも転置式暗号のほうが可能性は高そうだった」

転置式暗号とは、文字を入れ替えることで、文章に戻すという暗号の形式だ。過去に「黄金虫」の研究をした際に暗号についての本をいくつか読んだことがある。自分もあの暗号を見た瞬間、これは換字式にしては文字列が不安定すぎる、と感じたのを覚えている。

しかし、何も規則性がないかと言えば、そうでもない。

たとえば、横の一行目は、二七文字を三ずつ九組に分けた場合、Aが入っている箇所が、ぜんぶで七組もある。これは偶然だろうか？

もしも、そこから何か読み解くことができるのなら……。

「私はこの暗号のキーらしきものを摑んだ気がしている。今夜、もう少し考えてみなければならないが、恐らく間違いないだろう。さっき、君は彼らの前で葉書の話を始めた。それは、私がけしかけたせいでもある。だが、断じてこの暗号は面白半分で解いていいものではない。その点は君に謝らなくてはならない」

「そんな、いいんです……」

「責任として、私はきちんとこの暗号を解こう。だが、観察の目を怠らないことだ。君がいま着目すべき文献は、この葉書と、それに関わりがありそうな母君自身なんだからね」

灰島は、噂とは違い、自分に対して真摯な態度で接してくれている。しかも、すでに謎の本質に気づいているらしい。その謎は、面白半分に解いてはいけないものだという。

手に握ったままの葉書の文字列は、いくら見つめても、何も答えない。

タクシーは青梅街道を直進していき、やがて機械仕掛けの乗り物が織り成す川の一部になった。

黒猫のいない夜のディストピアⅥ　尾行

1

文献渉猟は、論文に欠かすことのできないプロセスだ。やり方は千差万別。論文を書き進めつつ、文献で見つけた言葉をべつの文書にタイピングしておき、必要に応じて論文に入れていくという人もいれば、文献を読み込み終えないかぎりは一行だって論文を書き出さないという人だっている。みんな自分に合ったやり方を長年の研究プロセスで摑んでいくしかないのだ。

目下の参考文献はといえば、葉書に書かれた暗号文と、母その人だった。〈文献〉が生身の人間であるというのは、初めてのケースだ。

「休みの日まで出勤とは、最近はずいぶん研究熱心ね」

母からそう言われたのは、帰宅後、こちらが味噌汁の支度をしている時のことだ。彼女は学会が近いらしく、今日はテーブルを文献の海にして忙しそうだ。夕飯の支度ができたらいったん片づけないと食べられそうにない。

鰹だしと昆布だしの香りが合わさって室内に漂いはじめる。さて、なめこを入れてもうひと煮立ち。あとは味噌と豆腐を入れるばかり。少しずつ黒猫の料理の手伝いなんかをしているうちに、前より料理に興味が出てきて、早く帰ると、こんなふうに料理番をすることが増えた。

「えっと、いや、博物館に行ってきたの」

取り立てて隠すことがあるわけでもないのに、言い淀んでしまった。

「でも他にもいろいろ？」

「え？　どうして……？」

「だっていま言い淀んだもの。『それだけじゃなかった。でも、とりあえずはメインの予定だけ教えておこう』。そんな感じでしょ？」

「め、名探偵」

親にはかなわない。親は角を曲がってトンネルを抜けた先まで子どもを見ている。見通している。

昔、テストで初めて九割以上の点数を取れなかったときがあった。前の晩に漫画にハマってしまって、直前のテスト勉強をしなかったせいだった。その時はきまりが悪く、二週連続でテストはまだ返ってきていないと嘘をついたけれど、三週目にこれ以上隠せないと思って見せた。

すると、母はにっこり微笑んで「早く見せればよかったのに」とだけ言った。母はこちらがテストを隠し続けていたことを察知していたのだ。

母との思い出はいつもそんな感じだ。取り立ててふだんから嘘を指摘されてはいないのに、あるタイミングですべて見抜かれていたことを知る。それに、バレたところで怒られないのに嘘をつく意味もない。そんなわけで、それ以降嘘はつかなくなった。

「黒猫クンはいま出張中でしょ。ほかにお友達いるんだっけ？　あんまり聞かないけど」

「いないことはないよ」

友人は何人かいる。けれど、何年も一緒の研究棟にいるのに、どこか互いによそよそしく、打ち解けない雰囲気があった。黒猫曰く、原因はこちらにあるようだ。

——君は自分が思っているより、近寄りがたいオーラを放っているということを自覚したほうがいい。

——でも戸影はずかずか無遠慮に話しかけてくるよ。

——あれはそういう性格だからだ。男女問わず、大学院のなかでも君に話しかけるときはみんな少し躊躇（ちゅうちょ）しているよ。

——え、嘘……っていうか、黒猫ほど近づきにくくはないと思うんだけど。

黒猫は黒いスーツに白シャツという服装で、いつも手元の本に視線を落としているから話しかけづらいことこの上ない。

——僕は天才だから仕方がない。

ご自覚があるのは結構なことだが、要するにこちらは性格上の問題で話しかけづらいのだ、と差別化されてしまった格好である。

「今日はその後、教授たちと軽くお茶をしたの。唐草教授の教え子で、博士研究員を免職された人なんだけど……」

そこからひとしきり、灰島の愚痴をこぼした。もちろん、そこで母の話をしていたことは内緒である。

「その人、知ってるわ。反美学の理論をさらに推し進めたんでしょ」

「え、すごい、専門でもないのに」

「古典文学をやっていたって、アプローチの仕方で学ぶべき部分は大いにあるもの。他分野を勉強しないのは怠け者よ」

母の研究者魂には頭が下がる。母と同じ年齢の頃に、自分が同じくらいのモチベーションを維持できているだろうか？

「お母さんは相変わらずアグレッシブね。そのアグレッシブさで恋人とか作ればいいのに」

「おやおや、我が娘からそのようなお叱りを受けようとは。お生憎（あいにく）様、私は、もう恋なんて歳じゃないわよ」

「恋に年齢は関係ないと思うけど」

「そうね。でもいいのよ。ねえ、私ね、大昔、銀座のすっごい値段の高い喫茶店で信じられないくらい美味しいシフォンケーキを食べたことがあるの」

「唐突に話題変えるね」

こういう時は流れに逆らわないほうがいい。とりあえず拝聴することにする。

「生地が丹念に作られていて、舌触りはふんわりしているのに、口に広がる風味は濃厚で……。あんなシフォンケーキ、その後は一度も食べたことないわ。でもね、またあの美味しいシフォンケーキを食べたいなとは思わないのよね」

「それと恋愛はいっしょってこと？　過去が輝いていればいいの？　そんなの後ろ向きだと思うけど……」

「後ろ向き？　どうして？　そりゃあ、もう一度恋を追い求めるのは簡単よ。でも、それが本物の恋になることは稀だし、多くの場合はニセモノで自分が傷ついて終わる。若い頃ならともかく、もう私にはその気力はないわね」

ときどきは考える。こうして母を母たらしめてしまっているのは自分の存在で、自分さえいなければ、もっと自由に恋愛する道もあったはずなのに、と。

けれど、母は自分を産み、こういう生き方を選んだ。人によっては窮屈に見える生き方でも、母が満ち足りた生を今日まで謳歌してきただろうことも確かなのだ。

「何か浮かない顔しているわね」

思わず、葉書のことを尋ねそうになった。母が仕掛けたものじゃないことを、早くはっきりさせたい。

「そんなことないよ」

「嘘よ、あなたとっても暗い顔してるわ。昨日に引き続き。黒猫クンと電話でもしたほうがいいんじゃない？　私のことなら気にしなくていいのよ。明日はオフだから、一人娘と話せなくても上機嫌よ」

「黒猫は出張中だもん。迷惑かけられないよ」

「いいんじゃないの？　たまには迷惑かけたって」

たまには迷惑かけてもいい、か。なぜかそんなふうに気軽に考えられない。いつも、自分のなかで問題を抱え込んでしまう。

ん？　待てよ。今のはもしや、母なりのサインを示したつもりなのだろうか。要するに、葉書の暗号がわからないなら、黒猫に尋ねなさい、と。他人の頭を使ってでも解きなさいよってこと？

まさか、本当に母が仕掛け人……？

じっと彼女の目を見る。

「何？　何なの？　あなたヘンよ？」

母は眉間に皺を寄せてこちらを睨んだ。その表情に何かを隠した気配はない。やっぱり考えすぎか。

「だ、大丈夫だよ……」

慌てて視線を外した。このままだと熱でも測られてしまう。顔を背けて、鍋に味噌を溶き、小皿に注いで味見をする。そのタイミングで、母が妙なことを言った。

「まるで影法師にでも会ったみたいな顔じゃない？」

思わず味見しかけた汁を噴いてしまった。

「わ、ちょっと、びっくりしすぎよ……」

彼女は笑いながらこちらにティッシュを渡した。

「ごめん……」

さんざんな感じでどうにかこうにか食事の支度を終えた。食事は美味しくできていたけれど、しじゅう母に心配されているせいか、全然食べた気がしない。

来週、祖母のいる介護施設に一緒に行こうと約束をして、大慌てで自室に戻った。

さて研究の続き——と机に向かったが、すぐに仕事に入る気にはなれない。かと言って、本を読める気分でもない。音楽も聴きたくない。こんなに気分が塞いでいるのも久しぶりのことだった。

自然と、スマホの画面に目がいった。

——いいんじゃないの？　たまには迷惑かけたって。

先日酔っ払って黒猫に迷惑をかけて、その時に自分は何かを言ったようだ。不満が溜まっていたから、きっと何かよくないことを言ったのだろう。できるなら、全部なかったことにしたい。でも、酔いの記憶は薄れても、なかったことには絶対にならないのだ。

電話帳から黒猫を選び、発信ボタンを押す。

三秒後に電話がつながった。

「もしもし？　誰よあなた？　黒猫に何の用？」

明らかに酔った女性の声だった。しかも、どこか店にいるというより、静かな室内にいる感じ。

身体中から血の気が引いていく。

「あ……あの……黒猫は……」

「寝てるわよ。残念ね。伝言残す？　もしもし？」

何も言えず、静かに通話を切った。

嘘だ、そんな……。

部屋の明かりが、やけに暗く感じられた。

次の行動に移らなければ、と思うのに、何をしたらいいのか浮かばない。気がつくと、鏡を見ていた。

ぼんやりとした女の顔。

袋小路に立たされたような絶望的な感情に襲われていた。

心の中は夜空からピンセットできれいに星も月も除かれてしまったみたいな真っ暗闇。

立ち上がることができない。

——鏡よ、鏡……。私は誰なの？

なぜ黒猫がべつの女性と？　黒猫の恋人は自分ではなかったの？

すべてが掌から落ちていくような夜だった。

呼吸が苦しくなる。いつの間にか、震える膝を抱いていた。怖い。何もかもが、怖い。

ダメ。自分の心まで不確かになってはいけない。

憶測を無理やり封印して、電気を消し、目を閉じた。睡魔はそう簡単にはやってきそうにない。落ち着いて、落ち着いて。何度もそう繰り返し、ようやく眠れたのは外で朝刊を届ける新聞配達のバイクの音がしてからだった。

2

夢を見ていた。

黒猫と自分が腕を組んで歩いている。

自分の、はずだった。

じゃあ、その後ろ姿を見ている、これは誰の視点なの？

それからあることに気づき、衝撃が走った。

黒猫と腕を組んでいる自分の服装が、白のゴシック調だった。

そして、二人は同時に後ろにいる誰かに微笑みかける。

後ろにいる誰か――それは、青ざめた顔をしている自分だった。

起きると、午前十時だった。

最悪の目覚めにとっては、隣の工事の騒音さえも救いの音色に聞こえるものだ。とくに予定があるわけではない。いつものように研究の続きを進めるだけだ。

いくら灰島に今は自分の謎を優先しろと言われても、謎ばかり追っているわけにもいかない。これでも博士研究員の端くれなのだ。一歩でも前進しなければ。

参考文献漁りは、やたら時間がかかるわりに得るものがほとんどない時もあって、効率は一朝一夕には上がらない。金塊の埋まった場所がたやすく見つかるわけもない。地道に文献を読み進め、時には海外からも取り寄せながら、注意力を失わないようにするのだ。

一日のうちに何冊も読めばいいというものでもない。過去に、読書量を自慢したり、参考文献を山のように巻末に列挙した院生が、唐草教授からひどい叱責を受ける現場に出くわしたこともある。

――君は参考文献が何のためにあるのか、本当にわかっているのかね？　もしもこれだけの量のものを参考にしながら、その程度の論文しか書けないのなら、君の目はかなり節穴ということになるね。

唐草教授が院生にあれほど辛辣（しんらつ）な言葉を投げつけたことはなかったから、しっかりと記憶に刻まれた。

あの時、唐草教授は人に対して怒ったのではなく、論文の内容に、学問全体の立場から怒りを表明した。それは静かでいて、鮮烈な怒りだった。

以来、自分はいつでも参考文献が何のためにあるのか、と考えながら文献に当たるようになった。文献を参考にするとはどういうことか。そこから何を読み取ればいいのか。

一口で言えば、新しい発見が必要なのだ。

discoverの語義どおり、覆われているものを掘り出すこと。新たな発見のない「参考」には、何の意味もないと肝に銘じた。

もはや多くの研究者が同じ参考文献に何百回と目を通してきている。今さら新しい意味を見出すのは相当読み込まなければ難しい。読書の量よりも質を上げていくしかないのだ。

そのための気合いが、今日は湧いてきそうになかった。

こんな時にかぎって、都合よく脳裏をよぎったのは、灰島の言葉だった。

——君がいま着目すべき文献は、この葉書と、それに関わりがありそうな母君自身なんだからね。

黒猫の電話の一件のせいで、脳内はパニック寸前だが、あの葉書の問題もドッペルゲンガーのこともまだ片づいていない。

集中できないときは、意識の平野にガラスの破片や小石が転がっている。それを取り除いていかなければ。

母はまだ寝ているだろうか。今日は何も予定がなかったはず――。

居間のほうですたすたと足音がする。襖の隙間からそっと覗き見ると、彼女は立ったまま珈琲を飲み、よそ行きのスーツに袖を通したところだった。

それからテーブルで何か書き置きをしている。出て行くべきか迷ったが、しばらく様子を見ることにした。

やがて母は腕時計で時間を確かめると、小走りに玄関から出て行った。

自室から出て確認すると、メモには昼食のことが書いてあった。昼食までには戻ってこないということだろう。

窓の外を見ると、ちょうど母が階段を降りて外に出てきたところだ。今日はどんよりとした薄曇りだが、傘を持っていないようだ。そんなに遠くへ行くわけではないのかも。

マンションを出て左側へ進んだことを確認してから、急いでTシャツとデニムに着替えた。三分で外に出られるのは、一つの特技といえば特技。でも、今のところそれで得したことはない。

今日は母を尾行しよう。参考文献の渉猟と同じ。成果がなくてもとにかく、一つ一つ丁寧に当たっていくしかない。

黒の帽子を目深にかぶり、母から一定の距離を保って歩いた。まさか母を尾行する日がくるとは思いもしなかった。

母は駅のほうに向かって歩いていく。そのまま駅前を通り過ぎ、プラム通りに差し掛かる。デモの集会も行なわれているが、今日は違うらしい。服装も、デモにはふさわしくないように思えた。

そうでないとすれば、大学の用事の可能性が高く、当然所無駅を経由するはずだ。

だが、彼女はプラム通りに入って十メートルほどの場所にあるチェーンの喫茶店の前で足を止めた。

中に誰かを見つけたのか、母は店へと入っていく。

こちらは母に見つからぬようにそおっと窓越しに店内を覗き見た。

母が何者かに頭を下げていた。

女性だった。母と同じか、少し母より背が高い。

彼女は母よりも浅く頭を下げると、腰かけた。こちらに背を向けているから顔は見えない。

けれど、遠目でもそれが誰なのかはわかっていた。

白銀色の髪、白い真珠のピアス、白のゴシック調のワンピース――。

あの女と、母が会っている。

少し迷って店内に入り、離れた席から二人をじっと観察した。

こちらの席からは女の顔は見えないが、改めてシルエットを見ると、やはり自分によく似ている。母もそのことには気づいているはずだ。

ものの五分ほど話をすると、母たちは立ち上がった。まだ母は珈琲に口もつけていないというのに。

こちらは慌てて壁を向いて頬杖をついて顔を隠し、二人が店から出て行くのを待った。

二人が進む方向を確かめてから、急いで店を飛び出す。

自分と母がデパートに行くときのように、二人は並んで歩いている。傍から見たら、親子にしか見えないだろう。もしかしたら、知り合いでさえも、そう思うかも知れない。

歯がわずかに疼く。全身に痛みとも痒みとも知れぬ感覚が駆け抜ける。

どういうことなの?

彼女は何者なの?

3

店を出た二人は、プラム通りを抜け、駅まで歩いていった。

そこからが妙だった。

自分に似た女——仮に彼女をAとしよう——は何事か母に語りかけ、母はそれを黙ってしばらく聞いていた。

突然、Aが母の手を乱暴に引いて、駅の改札を通ろうとする。だが、乗車カードで改札を通るAに、母は抵抗を示した。思わぬ抵抗にAが振り返った時、初めて、顔がちゃんと見える。やはり間違いなく、一昨日見たのと同じ人物だ。

彼女は母の行動に幻滅したような表情を浮かべつつ、改札の向こう側から手を伸ばして母に紙を握らせると、駅のホームに向かって歩き出した。

母は彼女が雑踏に消えゆくのをただじっと見つめていた。

それから、母は踵(きびす)を返した。だが、どこへ向かうべきか考えあぐねているかのように呆然と立ち尽くしている。目の焦点が定まっていない。

目的をもっていない者の目だ。

しばらくすると、ゆっくりとした足取りで駅ビルに入っているドーナツ屋に向かい、ドアに貼られた新メニューをぼんやりと眺め始めた。

こちらの電話が鳴ったのはその時だった。

相手は、灰島だった。

「文献渉猟は進んでいるようだな」

「……灰島さん、どこで私の電話番号を……」

「博物館で名前と連絡先を書いただろ」

迂闊だった。もっとも知られたくない相手なのに。

「そういう二次利用は困ります」

「君が取り返しのつかない過ちを犯す前に、止めてやろうと思ったまでさ」

「取り返しのつかない過ち？　私が何をしようとしているかご存知なんですか？」

「母親の尾行だろ？」

「なぜそれを……？」

こちらの行動をどこかで見ているみたいだ。

背後を振り返る。

雑踏のなかで、灰島が微動だにせずに立っていた。

4

今日の彼は、いつも上げている前髪も下ろしていてボサボサしている。服装も七分袖のポロシャツに、デニムというラフすぎる出で立ちだった。

「あの葉書の暗号、そしてドッペルゲンガー、君の母君が単独で企んだわけではないことは明らか。前回、君がドッペルゲンガーを目撃したのは所無駅付近だった。となれば、二人が近所で顔合わせをしている可能性は高い」

「暗号も解けているんですか？」

「まあ、部分的には」

「種明かしをしてください」

「今日の終わりには確証が得られるだろうが、まだ推理の分岐点がいくつかある。とにかく、文献から目を離すな」

「……はい」

灰島とどういうふうに付き合っていけばいいのか、自分のなかで定まっていない。ひどいことを言われるという恐れと同時に、何か有意義な見解が得られるという期待をしてしまう。唐草教授や戸影に対する感覚とはだいぶ違う。もちろん黒猫とも違う。歳の離れた兄でもいたら、こんな感じなのだろうか。

「あれが君の母君か」

母は、ドーナツ屋のドアを開けて中へ消えるところだった。

「そうです」

「何をぼやぼやしている。店に入るぞ」

灰島はこちらの腕を乱暴につかむと、ドーナツ屋に入り、入口から離れた場所に席をとった。

「君は母君に背を向けて座っていたほうがいい。狭い空間での監視はバレやすいからな。いいか、絶対に振り返るな」

「はい……」

灰島は注文を済ませてくる、と言い残して立ち上がった。

ここがドーナツ屋なのは、灰島にとってはだいぶ都合がよかったのではないか、と思ったことは内緒である。

徐々に肩の力が抜けていく。しょうじき、灰島が来てくれてホッとしていた。自分の行動に自信が持てなかったのもあるが、いちばんは誰かと話していないと、精神がどうかなってしまいそうだったのだ。

灰島はドーナツを六種類と、ジンジャエールを二つトレイに載せて戻ってきた。

「母君は反対側の壁際の席にいる。顔はこっちを向いている。コーラを飲んでいるが、表情は相変わらず晴れない。悩み事があるようだ。それにしても、噂には聞いていたが、お美しい」

研究の世界は狭いもので、学術的な噂以外に、誰それの容姿が端麗だというようなゴシップめいたものまでいろいろと情報が入ってくる。

「狙わないでくださいね」

「私を何だと思ってるんだ？」

「ハイエナは獲物を横取りする動物ですから」

「わざわざこんなクソ田舎まで駆けつけてやったんだ。恩を感じてほしいね」

「役に立ったら、恩に着ます」

「なら、私が真相に到達したら、何でも言うことを聞いてもらう」

「……いいですよ、許容範囲はありますが、私の感性が許す限りにおいて、何でも言うことを聞きましょう」

言ったね、と灰島は勝利を確証するように微笑んだ。

「これで楽しみができた」

灰島は満足げに黄色い砂糖の粒が全体にまぶされたチョコレートドーナツを頰張る。

「それにしても、なぜこのチェーン店は、いまだにこの黄色い砂糖の粒がこぼれ落ちないようにできないのだろうか」

ぽろぽろと皿の上にこぼれ落ちる粒を眺めながら、灰島はそう呟いた。

「……こぼれた粒を食べるのを楽しみにしている子どもがいるからじゃないでしょうか」

「変わった楽しみ方だ」

「ふつうですよ、ふつう」

それから、灰島はおもむろに残りのドーナツを紙袋に入れて鞄にしまった。

「ところで、君の母君が動き出した。行くぞ」

灰島は立ち上がると、母の動きを確かめているこちらの手元からトレイを奪い取り、さっと返却口へ下げてくれた。

母が店から出て行くのを待ってから、すぐに後を尾けた。

六月のまとわりつくような湿気に、微かに雨の気配が混じっている。一日、灰色の雲は雨を押さえきれるだろうか。

幕間　分身

あなたは相変わらず私を見ている。私のすることが気になって仕方ないのね。かわいい。

でも、そのうちわかるようになるわ。あなたが見ているのは、自分自身。

そういえば、ポオの短篇にそんな話があったっけ。

やがて、約束の場所に到着した。

「こっちを見ている気がする……」

その人は、あなたの視線を気にしている。

「そうよ、見ているの」

するとその人は困ったような、少し嬉しいような、何とも言えない表情になる。

不意にあなたの表情が強張る。

あら、またこわがってる？　人ごみが嫌いなの？

休日のプラム通りは人が多いものね。でも安心して。あなたは何も恐れる必要はないのよ。

この世界はあなたの味方。

天女幻視Ⅲ　付き人のいない朝

夢を見ていた。

彼女の出てくる夢だ。これで二日連続。喧嘩したまま出張に来てしまったせいだろうか。夢の中でも彼女は怒っている。怒ったまま変な方向へ走っていくのを必死で止めるのに、手を振りほどいて彼女は行ってしまう。

その後のことはわからない。夢は時に意識の土に沁み込んで泥になると、もう元のかたちを思い出せなくなる。

目を開けると、真っ白な天井が見えた。自宅とは異なる、目の痛くなるほど白い壁紙。カーテンの外から陽光が漏れているのに、室内の灯りは煌々とついたままだ。

一瞬、どこにいるのかわからなかった。が、遅れて知覚が活動し始める。最初は視覚が、次いで聴覚と嗅覚が、最後に触覚がこの空間に順応しようとする。

そうだ、昨夜は、T大学校友会代表の石野氏に会った。気さくな人物で、この地へ来てからもっとも有意義な時間を過ごすことができた。彼はいろんな情報を話してくれたからだ。

おかげで、おおよその事態を把握することができた。それでホテルに戻り、彼女と話をした。

――あの人、『美人の付き人さんで幸せだね』だって。

――君が付き人を名乗るのは迷惑だね。

――あら、私、似てると思うけど？　あなたの恋人さんと。

――目があり、鼻があり、口があるという意味か？　その意味で言えば、まさに君はドッペルゲンガーだな。

もういい、と彼女がむくれたことは覚えている。だが、そこから先の記憶が曖昧だ。ふと、ベッドの脇に何かがあるのに気づく。

彼女からのメモが残されている。

〈用事あるから先に帰るね。チェックアウトの時間、少し延ばしておいてあげたからね。付き人より〉

「あいつ……」

昨夜、ここへ来てからはひとしきりこの出張で摑んだ新事実のことで話し合った。竹林公園の計画者と所無駅前都市計画の計画者が同じであることがほぼ明らかになった。そこにある大がかりな意図と、それゆえに、計画者が自身の名を消したこと――。

あとは大学に問い合わせるしかない。本人はこの問いから逃げないだろう。

――都市計画に私情を挟み過ぎなんじゃないのかしら。一見、反美学的な都市計画も、私情が絡み過ぎているとなると、公正な判断がしづらいわ。

――私情のない都市計画なんかないよ。ジョルジュ・オスマンにだって私情はあったはずだ。その愛ゆえにあれほど献身的にパリの都市を大改造した政治家はいなかったが、それは高潔な都市へのこだわりを抜きにしては実現できない。実際、彼の思い描いた都市デザインの原理主義的集大成プロジェクトは莫大な負債を残し、オスマンは市役所から追放されている。こだわり抜かれた私情は、哲学と区別できない。

そんな会話を昨夜この部屋でしたことを思い出す。

それで――そのまま眠ってしまったのだ。

身を起こす。それほど飲み過ぎたつもりはなかったが、まだ頭がくらくらする。少し疲労も溜まっていたのかも知れない。

いま何時だろう？

ベッドの備え付けのデジタル時計は、十二時五分と表示されている。

戻らなくては。事態は一刻を争う。

先に電話で連絡をとっておくか。

嫌な予感がする。

昨日だったか、彼女がドッペルゲンガーについてSNSメッセージで尋ねてきたのは。

「なるほど……まずいな……」

すぐに着替えを始めた。十分後にはチェックアウトしよう。

彼女を守らなければ。

黒猫のいない夜のディストピアⅦ　遊歩する文献

1

母はデパートで少しショッピングでもしてから帰宅するのだろう。彼女の休暇の過ごし方はそれくらいのはずだと思っていた。

ところが、母の尾行は思いがけず長期戦となっていった。母の歩き方はまるで壊れたピンボールマシンみたいにベクトルが定まっていなかった。

ある時には袋小路に入って止まったり、同じ道を引き返したりもする。いったい何をしようとしているのか。

わかるのは、母が目的地に着いていないということだけ。かと言って、迷子になっているわけでもない。

「君の母君はまるで異邦人だな。この土地を観光客のごとく満喫しているように見える」

「さあ……でも駅からは離れていくようです」

母は所無駅から離れ西側へ向かっている。それ自体は、自宅へ向かっていると考えることもできるが、そうであればこんなに細道をくねくねと歩いたり、途中で引き返したりはしないのではないか。

「自宅はこっちかい？」

「ええ。でも遠回りですね、だいぶ」

さっきから母の歩みは寄り道が多く、むしろ遠ざかり続けているようにさえ感じられる。

ようやく大通りに出る。と同時に、母の歩みから迷いが消える。

「歩き方が変わった。目的意識を感じるね。この通りには何がある？」

ここは、所無駅前の大通りと並行して存在する所無西通りだ。どこかで左折しなければ自宅マンション〈アラベスク〉には辿り着かない。通常であれば、駅からこの大通りまでは線路沿いに歩き、それからこの通りを直進して所無中央公園の先を左折して自宅へ向かうことになる。それが、母と自分が昔から使い慣れているルートだ。

だが、今日の母は線路沿いの道は使わずに、妙なところからこの大通りにやってきた。

「ええっと、この通りにあるのは、図書館、文化会館、競馬場、公園……あと、航空記念館ですね。いずれも今度の都市計画でリニューアルされるみたいですけど」

「そうか、所無競馬場はこの街にあるんだったな」

灰島は個人的に思い入れでもあるのか、こちらが列挙したなかから、競馬場だけを取り出して語った。

「昔は私もよく行ったもんだ」

意外だった。灰島が娯楽やスポーツに興味をもつとしたら、チェスとかクリケットみたいな紳士じみたものだけだと思っていた。

「なるほど。ではその話、また今度聞かせていただきます」

「君の好奇心は格納式か？」

灰島がムッとしているのが伝わったが、こちらは追跡に集中しているため、余計な話に耳を傾ける心の余裕がない。

そんなやり取りをしているうちに、いよいよ競馬場が見えてきた。

「母君はどうやら競馬場に入る気のようだ」

「え？　あの母が競馬場に？」

母から競馬の話など聞いたこともない。しかし、母は灰島の言うとおり中央公園では曲がらずにその先にある所無競馬場へ向かおうとしている。

散歩コースとして通ったことはあったけれど、そこに足を踏み入れたことはなかった。

「君が子どもだったから、遠慮していたんじゃないのか？」

「じゃあ、一人ではいつも競馬場に通っていたってことですか？」

「そんなこと私が知るか」

灰島は受付窓口に向かい、入場チケットを二枚購入した。思っていた以上に安い入場料で内心面食らっていると、灰島が唐突に「賭けないか？」と言い出した。

賭け方がわからないと言うと、灰島は上位二頭を順位も込みで当てる馬単という馬券が配当金が高くていいと教えてくれた。

「見ろ。彼女も賭ける気らしい」

たしかに母も自動券売機で馬券を購入しているところだった。母は無造作に数字を選んだように見えた。

「即決したところをみると、推し馬がいるのか、数字だけで決めたのか」

「……母が競馬好きってことはないと思います。競馬新聞を見ていたこともないですし」

「親というのは子にとって謎の生き物だ。子が生まれる前の歴史をたっぷりと持っているし、子が生まれてからも、子の知らない日常を送っている」

「でも母は……」

「君の母君は例外、か？」

「母子家庭で、いつもべったり一緒だったんです。母が父で、兄で、姉で、親友でした」

「そうか。だが、それでも何もかもを知っているわけではない」

母は時折、遠くを見るような顔をしている。母のなかに、自分の知らない何かがあることは確かだった。けれど、それが競馬とどう結びつくのか。

「君も何か予想してみたまえ」

言われるままに、数字を伝えた。たまたま目についた三番ゲートのカモンシャノワールという、なかなかのネーミングの馬を一着にし、二着はその左隣、二番ゲートのローズウィスパラーという馬にした。

「シャノワール……黒猫だ。無意識に選んだとはいえ、やはり出張中の恋人のことが気になるらしいな」

「そんなんじゃ……」

「赤くなってる場合か。行くぞ」

灰島はエンジン音のしないハイブリッド車みたいに静かな足取りで動き出す。

受付窓口の脇の壁に〈都市計画による工事のお知らせ〉という貼り紙があった。歩き出していたため、しっかりとは確かめられなかったが、〈縮小〉とか〈七ゲート〉といった単語が目に飛び込む。どうやら、現在八ゲートある競技コースが七ゲート編成に縮小され、それに合わせて競馬場全体も工事されるらしい。

「都市計画の対象になっているらしいな」

「必要な都市計画とも思えないんですが、何か意味があるのでしょうか」

「ゲートを縮小するのは、要するに儲けが少ないから、単純に出走馬数を制限することが目的だろう。その分、確率は上がるから、客に利益が生じやすくなり、客足が増えることが見込まれる」

「なるほど……運営上の理由なんですね」

そんなことをしゃべっている間に母は会場に入った。

これからレースを走る馬たちが続々入場しているようだ。三番ゲートにいるカモンシャノワールは、黒く引き締まった肢体を輝かせた凜々しい顔つきの馬だった。気まぐれに賭けただけなのに、早くもその馬に愛着を感じている。人間なんていい加減なものだ。

場内では、馬が各ゲートにつく様子を食い入るように見ている客もいる。席は思ったほど混んでおらず、空席も目立つ。

「客席の数も減らすことで、空席は目立たなくなるんだろう」

「そうですね」

需要に見合ったサイズへの変更という意味では、合理的な都市計画のようにも思われる。

レースが始まる前に、電話が鳴った。黒猫からだった。だが、周囲の歓声に負けぬ声で電話に出れば、母にこちらの存在を悟られるおそれもあった。

時刻は昼過ぎ。

こんな時間まで電話の女性と一室にいたのか。

コールは全部で十二回で切れた。

画面表示をタップしかけた手を引っ込め、スマホを鞄にしまった。罪悪感と、これでいいのよ、という思いの狭間でしばらく苦しんでいたが、スタートを告げるファンファーレの音で、思考が遮（さえぎ）られた。

馬が走り出す。最初に先頭に躍り出たのは、三番ゲートのカモンシャノワールだった。そして、わずかに離れて、二番ゲートのローズウィスパラー。背後から迫るローズウィスパラーに負けずにカモンシャノワールもがぜん飛ばしていく。

「予想、当たりそうですね」

「甘い予測を口にする者は、その知性を曝（さら）け出すことになるぞ」

「え？　どういうことですか？」

どう見ても、この勢いが覆るとは思えなかった。

「騎手の腰の揺れに着目するんだ。誰がもっとも腰が安定しているのか」

「腰の揺れ……」

そう思って見ると、最後尾に付けている騎手の動きが気になった。ほかの騎手は馬の揺れに合わせて腰も上下に揺れている。だが、その騎手だけは、馬の揺れに無関係に腰が一定の高さに保たれている。地上に対してつねに水平であるように、騎手が腰の高さをコントロールしているのだ。

「五番ゲートのブライトステラというあまり有名ではない馬だが、乗っているのは国内でもっとも有名な騎手さ。見ていてごらん。ここから彼の得意技が始まるよ」

灰島の言ったとおりだった。コースの半分を過ぎたところから、とつぜん最後尾のブライトステラがスピードを上げはじめた。

そうして、あっという間に五頭を抜き、三位に躍り出た。

そこから接戦かと思ったのは最初だけ。残り二百メートルを切った頃には誰が一着になるのかは明白になった。

予想は外れた。カモンシャノワールは二着に終わった。一着はブライトステラ。

「ぜんぜんダメでしたね……」

「ビギナーズラックになど微笑まれないほうがいい。こんなところで運を使い果たしても仕方がないだろ」

自分が賭けろと言ったくせに、と思いつつも、気持ちを切り替える。母が動き出したのだ。母は感情を顔に表すこともなく、レースが終わるとすっと腰を上げた。

すぐに自分たちも動き出す。

灰島は「この数十分の間の彼女は、一冊の文献にも匹敵する重要な動きを見せたぞ」と言った。馬に集中しているようでいて、彼はその間も母の観察を怠っていなかったというのか。いつの間にか馬の動きに注視してしまった自分が恥ずかしくなる。

「さてさて、次はどっちに行くのか……しかし彼女はよく歩くな。今日、すでにかなり歩いているのに、これから遠足にでも行くみたいに意気揚々とした足取りじゃないか」

「去年、ちょっと病気で検査入院したんです。それから、体力つけなきゃって言って、毎朝少しずつウォーキングを始めたようですね」

こちらがまだ眠っている時間に、母は黒いジャージに着替えてウォーキングをしている。最初は誘われたけれど、こちらは起きてからしばらく朝日と対話しないと動けないタチなので遠慮している。

母が次に向かったのは、競馬場の斜向かいにある、いつも母と二人で来ていた所無図書館だった。後に続いて図書館に入る。

入ってすぐに、灰島に腕を引かれ、支柱に身を隠さねばならなかった。母が受付からほど近い古典の棚の前にいたからだ。

母はそこで、ものの三分ほどの間に『竹取物語』と『万葉集』、『更級日記』を選び出し、その三冊を重ねて持って歩き出した。借りる気だろうか？　版元は違うだろうが、いずれも自宅にある本ばかりだ。

母は受付で三冊分の貸出許可をとった。だが、不思議にもそれらをそのまま返却用の棚に並べて置いたのだった。

灰島はその様子をじっと観察してから言った。

「いま選んだ三冊はランダムに選んだようだが、まったく迷いが見られなかった。つまり、その三冊である必然性がある」

「借りてすぐに読まずに返した……意味ないですね」

「借りたということが重要なのさ」

灰島は楽しげに笑いながら受付を顎で示した。

「自分の目で確かめてみるがいい」

彼が示した受付の前には、やはり小さな立て看板があり、都市計画が記されていた。

まただ。リニューアル予定の場所なのだから、都市計画図が載っているのは当然にしても、さっきからこう立て続けだと妙な感じがする。

「まさか――母は〈所無ユートピア十カ年計画〉でリニューアルされる予定の場所ばかりを訪れているってことですか？」

「そういうことだ。偶然とは考えにくい」

「何の意味があって……」

母と都市計画を結ぶものといえば、デモだ。立て看板を読むと、どうやらリニューアルポイントは書架の削減と、児童ふれあいゾーンの増設にあるようだ。

文学を飯の種にする母が、とりわけ怒りそうな計画ではある。子どもの遊べる場所が増えるのはよいとして、書架の削減は図書館としての使命の放棄とも取れる。

だが、一連の無意味な行為に何の意味があるのだろうか？

「まったくわかりません……灰島さんはすでに意味を摑んでらっしゃるんですか？」

「もう答え合わせか？　これは君の〈研究〉だ。私は手助けはしてやるが、カンニングはさせない。それに、さっきも言ったが、私自身も確証を摑むには至っていない」

相手だけがすべてを知り尽くしているのに、答えを教えないなんてずるい。黒猫なら、こういう時、丁寧に解説してくれるのに。

「さあ、君の母君が図書館を出るぞ。次はどこだ？」

次は――。

「公園だと思います」

ここから一番近い都市計画予定地が所無中央公園だったのだ。

「では行ってみよう」

尾けてみると、予想通り母は所無中央公園へと入っていく。この公園も、今回の都市計画によって大きく変わるはずだ。すべての芝生がなくなり、白いゴムがグラウンドに敷かれるのだ。噴水にはモニュメントとして何やら意味深長な天女像も彫られるようだ。

半年後には計画に着手することになっているのではなかっただろうか。

「ところで、さっき、彼女が競馬場で捨てた馬券を拾っておいた」

「え、いつの間にそんなことを？」

出る間際にゴミ箱の隣を通りはしたが、その時にゴミ箱から拾い上げたのだろうか。灰島は手にもった馬券をこちらへ寄越す。

「これが母のだという証拠は？」

「ゴミ箱は馬券で溢れていたから、私は上のほうにある馬券の中から、直前に捨てられたものを選ぶために、体温が残っているものを指先で確かめた。手に取ってから匂いも念のためにね。君の服にも沁み込んでいるものと共通の匂いがこの馬券からは漂っていた。馬の予想は一番と八番。あまり深く考えたとは言えない選び方だ。賭ける馬は何でもよかったのだろう。レース自体ちゃんと見ていたのかどうか謎だ。こうは考えられないだろうか。あの時間、競馬場で時間をつぶすこと自体に意味があった、と」

「どんな意味があるんですか？」

「君の母君は直前まで君のドッペルゲンガーに会っていた。ならば、その彼女との取り決めでそうしている、という推理はどうだ？」

「どんな取り決めなんですか、それは」

「我々はレースに気を取られていたが、あの瞬間、彼女が隣に座った何者かとやり取りをしていた可能性はある。我々の位置からでは彼女の口の動きまではわからないが、二人が同じサロンやクラブのようなものの会員ということは考えられないだろうか」

「サロンですか……スポーツジムとか、でしょうか？」

「もう少し思想の絡んだサロン、あるいは政治団体かも知れない。たとえば」灰島は続ける。「この所無市の都市計画に関する市民団体とかね」

「都市計画に母も関与している、というんですか？　でも母はデモに参加しています。むしろ都市計画には反対の立場ですよ？」

「集団の意思が、自分とは違うベクトルへ向かってしまったのを阻止しようとしているのかも知れない。この街でこれから十年かけて行なわれる都市計画は、時代のモダニズムの潮流からは、何らかの意図をもって外れている。一見するとゴシック的だが、過去の様式の使い回しとは明らかに異なる、もっといびつな何かだ。都市計画の段階から、ピラネージの銅版画のような特殊な躍動感と廃墟感が同居している。ある意味で、極めて〈反美学〉的な試みだ。そこに共鳴できなくなったために、君の母君が反対側に回ったのか、あるいはまだその団体に属しているのかによって、推理は変わってくる」

地元の市民団体の会合にはよく参加している。〈地域の安全を考える会〉とか、〈働く女性支援の会所無支部〉とか。その手の団体に母がいくつ所属しているのか、自分は把握していない。母は昔から地域とのつながりを大事にしているから。

「いずれにせよ、これほどの〈反美学〉的な計画を立てるのだから、そのサロンに最低一人は美学の専門的知識を有する者がいるだろう。もしかしたら、その組織にいる計画者以外はあまり思想的なことに詳しくないのかも知れない。ならば、レースの時に彼女に何者かが接近して秘密のやりとりをしたとしても、彼女自身にもやりとりの意味はわかっていなかった、とも考えられる」

「母は目的もなく動いているんですか？」

「それこそ、都市というものにはそんなところがないか？　何のためにあるのかわからないモニュメントがそこらじゅうに点在していたり、誰も使わないような大きな施設が街の中央にあったり。意味は失われてただ都市を行きかう人々の行為だけが記録されていく」

「母の行動が、意味を失っている？」

「意味を離れるというのは、とても重要なことだよ。それは自然に近づくということでもあり……そうだ……」

　唐突に灰島は顔を上げ、虚空を見つめて公園の遊歩道を進む足を止めた。

　そして、呻くようにつぶやいた。

「そうか……『竹取物語』だ」

2

　灰島の口から、そのテクストの名が出ることが、不思議でもあり、必然でもあるように感じられた。

「『竹取物語』がどうかしたんですか？」

「……そうだ、間違いない……」

　灰島は、熱に浮かされているように言った。

「君はかぐや姫の無茶ぶりを覚えているか？」

かぐや姫の無茶ぶり。かぐや姫は、五人の公達（きんだち）にそれぞれべつべつの無理難題を吹っ掛ける。それ自体が意味のあるものではない。狙いは、その不可能性にあった。

求婚者たちは、かぐや姫の頼みを受けるも、ことごとく失敗に終わっている。なかには命まで落とした者もいた。

求婚者五人に、かぐや姫はそれぞれ話の中にしか登場しないようなものを探してくるように言う。それを見つけてこられた者と結婚する、と。石造（いしつくりの）皇子には〈仏の御石の鉢〉を、庫持（くらもちの）皇子には〈蓬萊（ほうらい）の玉の枝〉、右大臣阿倍御主人には〈火鼠の皮衣〉、大納言大伴御行（おおとものみゆき）には〈龍の首の珠〉、中納言石上麿足（いそのかみのまろたり）には〈燕の産んだ子安貝〉。

面白いのは、それぞれの男たちの失敗談が、語源の奇天烈な解析となって笑いの要素を残していることだ。

一例を挙げると、石造皇子は寺に捨ててあったただの鉢を持っていって嘘がバレてしまい、ふたたび鉢を捨てて言い寄っている。これが元となってなりふり構わず思いをぶちまけることを〈はぢ（鉢／恥）を捨つ〉というようになった、といった具合だ。

「かぐや姫は、結婚したくないがために、意味のない難題を吹っ掛ける。君の母君は何かの行動を避けるがために、意味のない散策を続けているのかも知れん」

「意味を避けるために、母の行動が空疎になっている……と？」

前方を歩く母の足取りは軽やかだが、そこに意味や目的を読み取るのは難しい。灰島の言うとおり、意味を避けて空疎になっているのだろうか。

「それもまた都市的だ。たとえば、東京は皇居という中心を、あえて隠すために山手線をずらして配置している。それは、東京が江戸よりもっと古く、遙か万葉の時代から、この国の歴史の文脈から表層的にしか変わっていないことを意味している」

「でも、意味を避けるって……何を避けているんですか？」

「まだ何かはわからない。いずれにせよその中心に、君と母君とが置かれている」

「私も……？」

「無論だ。今回の都市計画のターゲットはどう考えても、君と母君だ。君の母君が計画者の味方なのか、敵なのか、はたまたその狭間で揺れているのか……もう少し様子を見てみる必要がある」

公共施設を、ゴシック〈のようなもの〉に染め上げる。そのいかにもクーデター的な試みは、組織でこそ可能な大規模なプロジェクトといえるだろう。

この都市計画の計画者が都市を虚構化しようとでもしているような……。そこまで考えてはたと気づく。都市計画に〈ユートピア〉とあらかじめ記されていることに――。

ユートピアとは、どこにもない場所のこと。すなわち、虚構の場所。もしもこの所無が、概念上、〈どこにもない場所〉に生まれ変わろうとしているのだとしたら——。

その場合、あの自分にそっくりな女、Aの役回りは何？

今の所無と、ゴシックもどきのユートピアと化す未来の所無。

今の自分と、ゴシックコスチュームを纏った自分に似た女。

この不気味な相似関係を思うと、鳥肌が立ってくる。

手に握ったままの葉書にまた目をやる。

そこに描かれた暗号は、何を示しているのだろう？

3

石を蹴りながら帰宅した頃の記憶がよみがえる。

あの頃、どの石を選ぶか、どのコースを通って帰るかは、すべて己の無意識に委ねられていた。遠回りになることがあっても、それは石の決定であって、自分にはどうすることもできなかった。

十代にはもうやらなくなった遊びが、今日の母の奇妙な行動を見ているとふと思い出された。

母の散策コースは、母の内なる無意識の氾濫のようなもの。その氾濫が示すのが、ある行為からの逃避であるという灰島の読みは当たっている気がした。

母は所無中央公園の芝生にあるベンチに座った。

幼い頃は、母とサッカーをして疲れると、二人で並んであのベンチに座った。昔馴染みのベンチだ。彼女はいま、ただ座るためだけにこの公園に立ち寄ったのだろうか？

母は座ったまま、動く様子を見せない。六月のぬるい風のほうが、まだ彼女の髪を揺らす程度には動いている。

母に近づくものといえば、鳩の群れくらいだ。べつに彼女が鳩に餌をやっているわけでもない。誰かよく餌を与える人がいて、鳩は人の姿を見ると寄っていってしまうのだろう。

母のほうは鳩に構う様子もなく、時が流れていくのをじっと待っているように見える。

公園は見晴らしがよく、死角がないため、隠れているのがいちばん大変な場所でもあった。我々は公園には入らず、フェンス越しに、滑り台の隙間から母の動きを観察していた。

灰島はフェンスにかけられた看板を読んでいた。

「やっぱり君の母君は、ただぼんやりと散策しているわけではなく、都市計画でリニューアルされる場所を押さえている。しかも、あのベンチに座るというのは、非常に暗示的だ。今度の計画で、あの芝生のあるエリアはなくなるようだからね」

「……そう言えば、さっきの競馬場では八番ゲートに賭けていましたね。八番ゲートは、今度の都市計画からはなくなります」

「ならば、図書館での行為にも都市計画と関わるような意味があるのかも知れない」

図書館で母は、『竹取物語』、『枕草子』、『更級日記』の三冊を借りてすぐに返却棚に戻した。一方、都市計画における図書館のリニューアルポイントは、外観および書架の縮小と児童ふれあいゾーンの増設。

「彼女の行動は一貫している。競馬場でまともに競馬をせず、図書館の本は借りてすぐ返却棚に戻してしまうし、公園ではただ座っているだけ。いずれも『しない』ことが重要なんだろう。そしてその『しない』は、都市計画に関連がある」

「『しない』ことが重要……？」

「かぐや姫と同じだ。かぐや姫は結婚の条件を示され、結婚しないで済むための方法を模索している。今の彼女も同じだ。何かをしないで済ますために行動している。もしかしたらAに渡された何かのメモ書きと関係があるのかも知れない。Aが協力を要請してきたのに対して、君の母君はそれを拒絶して、今のような行動をとっている」

母の謎めいた行動が中心を欠いているというのは、表情からもわかることではあった。母は虚ろな目をしている。あんなにぼんやりとした表情の母を見るのは初めてのことだった。

不意に恐怖心を抱く。母がこの世界を去り、月の世界へ戻ろうとしているような錯覚に襲われたのだ。

そして、ふとある事実に思い至る。

「私って一人で生まれてきたんでしょうか……」

「一人で生まれてくる赤ん坊などいない」

灰島は眉間に皺を寄せつつ、さっきドーナツ屋でテイクアウトしたドーナツを取り出して食べ始め、こちらにも勧めてくる。それを断って、誤解を解くべく説明する。

「いや、そういうことじゃなくて……どこかに双子とかいたりするのかな、とか」

灰島にも、自分がドッペルゲンガーの存在を具体的に考えていることは伝わったようだ。自分の精神が引き起こす心理現象でもなく、エミリー・サジェ事件のような超常現象でもないのなら、実際にこの世に自分とよく似た人間が存在していることも考えなくてはならない。

「出生時の写真を見たことは？」

灰島は母から目を逸らすことなく尋ねた。

「……写真はあります。母が私を抱いているものです」

「要するに、その写真には写らなかったもう一人がいるのではないか、と？」

母は扇宏一（おうぎこういち）という男性と恋愛関係になり、自分を身籠もった。けれど、扇氏がすでに婚約中であったことから、彼女は身を引いたのだそうだ。

仮にその時、母が身籠もったのが双子だったらどうだろう？

当時のことを知っているのは、母以外に祖母だけ。祖母に聞けば、何かわかるのではないか。

やがて、母は立ち上がると、公園を出て、駅に向かって歩き出した。〈所無西通り〉の線路寄りにあるのは、所無文化会館だ。

コンサートなどが行なわれる場所だが、防音設備が充実しておらず、ライヴの最中に電車の音が聞こえてくると不評である。逆もまた然りで、文化会館からの音漏れは近隣からのクレームがあると聞く。

「お次は文化会館か……ここも都市計画の対象か？」

「ええ、そのとおりです」

リニューアルポイントは、大ホールと小ホールの防音性の強化と、それに伴う外観工事。

さっきの競馬場と同じく、リニューアルそれ自体は理に適ったものに見えるのだが、その外観がゴシック〈のようなもの〉になる意味がやはり不明なのだった。

環境との融和をあえて壊す、モダニズムに牙を剝く建築を、公共施設が先んじて行なっている。

入口のところに貼られた都市計画表には、外観のコンセプトなどは書かれていない。ただ、防音設備の刷新を誇らしく語っているばかりだ。

母が大ホールへと入っていくのが見えた。慌てて追いかけようとすると、それを灰島が腕を摑んで制した。

「今日は何も演目はないようだ」

灰島は、掲示板を示す。そこには月ごとのホールの使用状況が書かれている。今日のところは空欄になっている。もう一度大ホールのほうを見ると、清掃中の看板が立っている。だが、清掃員はまだホールの周りを掃除しており、母がホールに入ったことに気づいた様子がなかった。

「でも、行かないと見失いますよ？」

「不用意にホールのドアを開けてみろ。中にいる君の母君に存在を気づかれてしまうぞ」

静まり返ったホールのドアを開けば、それだけで存在を白状するようなものだろう。

母は何も演目のないホールで何をしているのだろう？

しばらくじっとしていると、母は何事もなかったかのように出てきた。そして、もときた道を引き返し始めた。

「なるほどね」

灰島はそう言いながら、じつに愉快そうに笑った。

「何がおかしいんですか？」

「いや、君の言っていたとおり、君の母君は都市計画の変更ポイントをなぞっている。大ホールは防音設備を強化される。そこで何も音を聞かずに出た。ここでも彼女は〈しない〉ことをしている」

〈しない〉ことをする。

そう、それが現在の母の不可解な行動の法則性なのだ。

都市計画でリニューアルされるポイントを、〈しない〉ことでなぞっている。

その後の行動から、それはさらにはっきりした。

母はその後、航空記念館のカフェに入った。店員に水を出されると、黙って飲み、メニューをパラパラとみてから珈琲を頼んだ。ところが、ようやく注文の品が運ばれてきたのに、結局それには口をつけずに店を出たのだ。

「カフェに入ったのは、リニューアルでカフェが潰されるからだろう。こうなると、図書館での行為にも何か意味がある気がしてくるな」

「惜しいですね、ほかが明らかになっているだけに」

「いずれにせよ、彼女の行動と都市計画の密接な関係が明らかになった。そして、それを始めたのは、Aに会った直後から。あとは、あの暗号が何を明らかにしてくれるのか、だな。何よりその暗号が君の家のポストに入れられていた理由が重要となる。まるで、月の使者からの手紙みたいじゃないか」

「え……」

思わず、声が上ずった。

母のもとに月からの使者が現れる空想が、少し現実味をおびてくる。

「そう思わないか？　月からの使者が、君の母君を連れ戻しに現れる。彼女は、それに抵抗したくて、こんなふうに無意味な移動をし続けている」

嫌だ……そんなの……。

所無が変わる。

母を奪って、ちがう都市へ変わろうとしている。

名前はユートピア。

でも、自分にとってはディストピアだ。

子どものときみたいに心細くなった。

「大丈夫か？」

灰島がこちらの顔色を確かめた。小さく頷き返すことしかできなかった。

航空記念館を出た母は、しばらく夕日に見とれた後、花屋に寄ってから、帰路に就いた。

その様子をわずかに離れた場所で眺めながら、灰島が言った。

「まるで、月に帰る前のかぐや姫だ」

母を月に帰すわけには、いかない。震えている自分を蹴飛ばして、次の行動へと促そうとするもう一人の自分がいる。自分の中にも、たくさんの自分がいる。目に見えるドッペルゲンガーの一人や二人に怯えている場合ではない。

「灰島さん、付き合っていただきたい場所があるんです」

黒猫のいない夜のディストピアⅧ　接触

1

寿香苑を訪れるようになって、もうかれこれ十年程になる。それだけの年月、祖母がこの場所にお世話になっているということでもある。

東久留米駅近くの緑豊かなエリアにある特別養護老人ホームは、バリアフリー設計のパルテノン神殿といった雰囲気がある。利用者の第二の人生の舞台として、できるだけ優雅な雰囲気にしたいという施設のモットーが感じられる。

スタッフに車椅子を押されてやってきた祖母は、嬉しそうな顔でこちらを見やり、次いでそのとなりにいる灰島に目を留めた。

ここを訪ねたのは、母が無事自宅に辿り着いたのを見届けてからのこと。本来なら、来週末に来ることになっていたが、そのときは母と一緒だから、双子疑惑について尋ねるわけにはいかない。善は急げと、今日のうちに訪問することにしたのだ。

この特別養護老人ホームに自分から入ると主張して以来、祖母はここでの暮らしをとても楽しんでいるようだ。

——あなたたちのお世話になる気はないの。

世話をすると言い張る母に、さらに輪をかけて頑固な祖母はそう言ったものだった。断った理由は、老人介護のスキルが、研究一途で生きてきた母にあるとは思えないという、しごくまっとうなものだった。それでも母が諦めずに食い下がると、祖母は悟りすました顔で言ったのだ。

——だいたい、私は自分の世話をさせるためにあなたを産んだわけではないわ。

それで話し合いは終わりだった。

「あら、予定より早く来たと思ったら、このジェントルマンは新しい恋人？　おかしいわね、たしかあなたは……」

祖母が後ろにいるスタッフにもよく聞こえる大声でそんなことを言うので慌てた。

「ち、違うよ。この人は仕事の上司」

灰島はその言葉にわずかに苦笑を漏らしてから、祖母の元を離れ、壁に飾られた写真を眺め始めた。こちらが祖母と話しやすいように、あえて距離をとってくれたのだろう。

「まあ、何でもいいわ。暇だったし、歓迎よ。テレビの時間に重ならなくてよかった」

テレビの時間と重なったら追い返されていたのか。危なかった。スタッフが「ごゆっくり」と言って去っていったのを確かめてから、顔を寄せて小声で言った。

「じつは、折り入って尋ねたいことがあるの」

祖母もこちらの声量に合わせて小声で返す。

「何かしら？　その男の人は、あなたのお母さんの好みじゃなさそうだけど」

「いや、その話じゃなくて」

そもそも恋人じゃないと言っているのに。

「私の出生について」

その一言で、祖母の顔が曇った。

「それはあなたのお母さんに尋ねなさい。お母さんが教えないことを私が教えるのは、フェアではないわね」

「大丈夫よ。出生のことは知ってるの。私の父が誰なのかも」

祖母は意外だったようだ。目を一度大きく見開いたが、すぐに元の冷静さを取り戻した。

「なら、何が聞きたいの？」

「私のほかには、いなかったのかなと思って」

「あなたのほかに？」

「そう。あのね、私って双子だったりした？」

こちらの発言を聞いて、祖母は笑い出した。

「何を言い出すのかと思えば。そんなわけないでしょう。どうしてそんなおかしなこと聞くの？」

「いや……そうよね。うん、そんなわけはないと思うんだけど」

「あなたは一人っ子。それが可哀想だと私は口を酸っぱくして言ったけれどね、あの子も頑固だから。結局、あの歳まで独身よ。私の言うことなんか聞きゃしないんだもの」

「私の言うこともよ」

二人で笑い合った。それからふと祖母の目が遠くなる。

「私は今も後悔してることがあるの」

「……どんなこと？」

「これ、私が話したって言わないでね？」

「……言わないよ」

「あの子が身籠もった時ね、相手の男の人はすでに自分の大学の学部長の娘さんと結婚することが決まっている状態だったの。それで、男性は婚約を解消して、研究の道に進むのも諦めて、別の地で職を見つけて一緒に暮らそうってあの子に約束したの。そのことを打ち明けられた私は、認められないと伝えたのよ」

「……どうして？」

「その婚約者の女性の気持ちを考えたら、そんなことはできないはずよって。それに、人の気持ちを平気で踏みにじれる男なら、いずれあの子の気持ちも同じように踏みにじるはず。よく考えなさい、と話したわ」

　ただ単に母が自ら身を引いたのだと思っていた。もちろん詳しく聞いたわけではないから、どんな可能性だってあったのに。

「結局、一晩考えた後、彼女は自分で別れる決断をしたの。私は、ならば子どもも諦めなさいね、と話したわ。あの子の将来を考えたら、あの若さで子持ちになることで絶対損をするって思ったの。それで、妊娠中はほぼ絶縁状態に――。でも、いま考えればずいぶん古臭い考えだったわね。あなたが生まれた時のあの子の幸せそうな顔やあなたの愛くるしい顔を見たら、ぜんぶ私が間違っていたって思ったわ。それから、すごく後悔したの」

「何を後悔したの？」

「二人を駆け落ちさせなかったことよ。あの時、私が止めさえしなければ、二人は別の道を選んでいたかも知れない。そりゃあ、私が心配したように、いつかあの子が捨てられることもあったかも知れないけど、もしかしたら、二人は別れずにうまくやれたかも。第一、お腹にはあなたがいたのよ。今になるとあなたにも申し訳ないと思って……。父親を奪ってしまったわけだから」

「そんな……私は父親がほしいなんて思ったことないよ」

祖母は頷いた。けれど、その目は明け方のキキョウの花弁に伝う朝露のように、わずかに潤んで見えた。

「あの子は昔っから大人しい文学少女で、男の人を家に連れてきたことなんてない子だったわ。男の人ってなんだかガサツでいやだわなんて言ってね。そんなあの子が心に決めた人を、私は否定してしまったのね」

「でも、おばあちゃんの言ったことはきっと正しくて……」

言いかけたこちらの言葉を、祖母は目を瞑って首を横に振ることできっぱりと退けた。

「それは誰にもわからないことよ。もしも、私がこの後悔を口にしても、あの子はあなた以上に強く否定するでしょうね。自分で選んだことだし後悔はしていない、と。きっとそう。最終的に決めたのはあの子だものね。でも、老い先短い私は思うわけ。余計なこと言っちゃったなって。あそこで言わなけりゃってね。どうしようもない後悔だけどね」

聞いているうちに、もっと母のことを聞いてみたくなった。

「お母さんは、その後は一度も恋愛をしなかったの？」

「まさか。大人の女よ。恋の一つや二つはね。でも、結局あの時の情熱を超えるものはなかったんじゃないかしら。今もって結婚していないのが何よりの証じゃない？　あら私ったらしゃべり過ぎね……。そう言えば、あなた、父親には会ったことあるの？」

「……一度だけ。その時は、そうだとは知らなかったんだけど」

会いたいと思ったこともないし、実際に会ってみても何の感慨も湧かなかった。自分にとって、父親というのは、ほかの家庭にだけ存在するオプションのようなものだったのだ。

小学生の頃は、それでも羨ましく思ったことが何度かあったけれど、中学生ともなると、周りの子たちが反抗期で父親を疎むような会話が増えてきて、やっぱりいなくてよかったと思ったものだった。

「あの子は、母親の私から見ても不思議な子よ。笹の葉みたいに風に頼りなくそよいで見えるくせに、竹みたいにしなやかで、芯がしっかりしているの。いつも周囲に打ち解けずに、一歩引いて全体を見ていて、言いよる男たちにもなびかない。なびいたのは一度だけ。あの子が『竹取物語』を好きなのはね、かぐや姫にとても共感しているからだと思うわね。あの子の生き方ってちょっとかぐや姫に似ているのよ」

そう言われて、腑に落ちる気がした。母の生き方は、どこかかぐや姫と重なる部分がある。たとえば、今日の行動も。

「かぐや姫が月に帰るみたいに、お母さんもいつか月に帰ろうと思う時が来ると思う？」

「月？　あの子の月って何かしら？　昔の恋人？」

「わからない。もっとぼんやりしたものかも。過去とか、夢とか、恋とか」

「そうねえ……。あの子が月に帰るタイミングは、とっくに逸してしまったはずよ。あなたを産んだ時点でね。かぐや姫とあの子の違いは、あなたがいるかいないか。あなたがいる以上、あの子は月には帰らない」

それから祖母はおもむろに尋ねた。

「ねえ、こんなことを尋ねに今日わざわざ来たの？　何かあったの？」

「ううん、何もないよ。大丈夫。双子だったらよかったのにってちょっと思っただけなの」

「そう？」

祖母はまだ疑っているようだったが、それ以上は聞かなかった。

「でも昨夜に引き続きだから、さすがにちょっと心配になったわよ」

「え？」

耳を疑った。

何のことを言っているのだろう？

「どういうこと？」

「だって二日続けて来るんだもの」

「誰が？」

恐る恐る尋ねた。こんなにも答えを聞きたくないと思いながら尋ねるのは、初めてだ。

「誰がって、あなたよ」

2

「私が、ここを訪れたの？」

「そうよ。昨日はちょっと具合が悪くて私は布団に入ったままで眼鏡もかけていなかったけど、あなたかどうかくらいはわかるわ」

違う。それは自分ではない。

そう言いかけて言葉を飲み込む。

無駄に心配をかけたくはない。

「……私、なんで昨日来たんだっけ」

「やあね。若いのに、もう忘れたの？　変だったわよ、あなた。私のことを〈おばあ様〉なんてよそよそしく呼んでね。それで、お母さんがこれから何か大きな決断をするとしても、止めたりしないで、自由にさせてあげてって」

「大きな決断……」

「だから何を決断するのって問い返したんだけど、あなた急いで帰っちゃったのよ。それで今日も来たから何のことか詳しく聞こうと思ってたんだけど、あなたまた全然ちがう話を始めるもんだから」

立ち上がったつもりが、めまいを起こしてよろめいた。

ドッペルゲンガーがここまで来ていたなんて……。

「ここにベッドはないぞ」

背後から灰島が身体を支えてくれた。

「ええ……大丈夫です。すみません」

灰島はこちらを支えたまま祖母に尋ねた。

「昨日彼女がここに来たとき、白いワンピースを着ていませんでしたか？」

「着てたわよ。あ、あと白いカツラなんかかぶっちゃって。それに奇天烈な白の首輪みたいなのと、あと真珠のピアスもしてたわね。いつ耳に穴開けたのって聞いて……あれ？ あなた、ピアスしてないわね……。イヤリングだったかしら」

灰島はにっこりと微笑むと深く頭を下げた。

「ありがとうございます。おばあ様、お会いできて光栄です」

灰島は握手を祖母とかわして、こちらの動揺が伝わらないようごまかしてくれた。

「おばあちゃん、また来週、来るね」

こちらは混乱した頭の中からそんな定型文を引き出すのが精いっぱいだった。

「待ってるわよ。今度は妙な話はなしにしてちょうだいね」

「わかってる」

手を振って施設を後にしながら、自分が歩いているのか、灰島に歩かされているのかわからなかった。ただ、戦慄に支配されて判断力が完全にストップしていた。

「これではっきりした。Aは都市計画者の組織が派遣した人物だ。葉書の差出人も同じだろう。そして、君の母親はその組織で、何か重要な役割を任せられていたのに、それを放棄したんだ。ある意味で、月の罪人、かぐや姫と同じような境遇なのかも知れない」

母が鏡の中に入り込むのが見えるようだった。

「どうしたらいいんでしょうか……私、もう何が何だか……」

「こういう時はアルコールに脳の緊張を解いてもらうのがいい。酒は時に思考をクリアにする。論文でも何でもそうだが、人の脳というのはパニックを起こすと、正常な状態なら簡単に気づくことにも気づけなくなる」

灰島の言うことには一理あった。論文提出の期日が近くなるほどに危機感が募り、脳が空転することはよくある。そういう時は、ほんの少しの酒が功を奏すこともある。

「一杯だけお付き合いします」

待って、と心のどこかでもう一人の自分が止める。この男は危険よ、と心が警告する。あなたには黒猫がいるじゃないの、と。

もう一人の自分——。

自分の中にも、べつの自分がいる。

そして、外にも——。

その外の世界にいるもう一人の自分は、夢の中で黒猫に寄り添い、祖母の前に姿を現し、母を月の世界へ連れ戻そうとしている。

いや、違う。これは妄想。現実じゃない。電話の向こうにいたのが誰かなんて、自分にわかるわけがないのだから。

「素直でよろしい」

「一杯だけですから」

「無論だ」

灰島は決めるが早いかタクシーを呼び、運転手に店名を告げた。

「S公園駅の、はながすみへ」

聞いたことのない店の名前だった。S公園駅からさほど離れていない住宅街に、暖簾も何もない民家に見える家屋があり、そこでタクシーは停まった。

玄関先に個人宅の表札よりも小さく見落としそうなほど細い書体で〈花が隅〉とあった。

「怪しい店ではない。私の隠れ家だ」

灰島は慣れた調子で引き戸を引いた。

中から、だしのいい香りが漂ってくる。女将が屈託のない笑顔で出迎える。まだ若く、映画女優のように華のある人だ。

「いらっしゃいませ。いつもありがとうございます、灰島様。今夜は二名様ですね？」

興奮を鎮めるような仄暗い明かり。カウンターに手をつくと、上質な木の手触りが心地よい。流れている三味線の音は、どうやら録音ではなく、店内のどこかで実際に演奏されているようだ。

椅子に腰かけただけで、一日の疲労感がどっと溢れてきた。

家に電話を入れるべきか迷ったけれど、一杯飲んで帰るだけなら問題はなかろう、と考え直した。

「天蛙(あまがえる)を一つ」と灰島が頼んだ。

「どういうお酒なんですか？」

「飲めばわかるさ。なるほど、天の蛙を飲み干せばこんな感じかといった感じの味だ」

わかったようなわからないような説明だ。だが、名前に興味を惹かれた。

「……じゃあ私もそれで」

女将が枡(ます)に表面張力ぎりぎりまで注いでくれた透明な液体に口をつけた。鮮やかな酸味が体内で飛び跳ね、その隙に酔いがこっそりと神経に侵入してくる。天の蛙という名前にも納得がいく。

天の蛙が、縮こまった心を溶かしていく。

いろんなことがあり過ぎた。こんな夜なのに黒猫はいないのだ。緊張や不安は和らげても、心の奥底に芽生えた孤独は簡単には消えそうになかった。

やがて、灰島が日中よりずっとまったりとした調子で、今日を総括するべく口火を切った。

3

「さて、これまでのドッペルゲンガー及び君の母君の情報をまとめよう。

・三日前
戸影が新宿の病院から出てくるAを目撃。
・一昨日
午前中にプラム通りへ向かうAを君が目撃。
午後、母君がマンションを見上げるAを目撃。
・昨日
朝、葉書が届く。
夜、おばあさんのところにAが現れる。
・今日
午前中から母君が駅前のカフェでAと落ち合う。
駅で何か紙片を渡された様子。

Aはその後駅のホームに向かって歩き出す。

母君は競馬場、図書館、公園、文化会館、航空記念館を訪れ、それぞれの場所で〈何もしない〉をした。

私は最初のうち、すべてを仕組んだのは君の母君ではないかと思っていた。それは、元をたどれば、マンションを見上げているAの存在を君に教えたのが彼女だったからだ。その後、葉書を入れるのも、君にAの夢を見せるのも、彼女なら可能だ。

だが、仮に、Aの夢を見たのがたまたまだったとしたら？ その場合、ほかのことは彼女が関与していなくとも可能なものばかりだ。そこで、混乱が生じた。私は、あの暗号を解けたと思っていた。すべては君に向けられたものだと思っていたからだ」

「私に向けられたものなら、納得なんですか？」

「納得はしていない。しょうじき、暗号を解読したことで得られたメッセージは意味不明なものだったからな」

「教えてください」

「高いぞ」

「じゃあいいです。自分で考えます」

「無理だと思うが。まあ好きにしろ。とにかく、母君から君に向けた暗号であれば、意味はよくわからぬものの、メッセージにはなる、というレベルで暗号解読は可能だった。だが、よく考えれば、葉書は君の家のポストに投函されている。差出人の名前はおろか、宛名さえ書かれていない。つまり、あの暗号文は君に向けたものとも、君の母君に向けたものとも考えられるわけだ」

「そっか……母に向けられたものである可能性もあるんですね」

それは思いもしなかった。自分が勝手に葉書を持ち出してしまっただけで、母が受け取っていた可能性だってあるのだ。仮に母が自分に宛てたものだとしても、やはり宛名を書かなければこちらに関心を持たせるという目的は確実性を失う。

「むしろ今では君の母君宛ての可能性のほうが高いとすら思えてきている。たとえば、今日のAと母君の駅での会話はこんな内容だったかも知れない。

〈葉書は受け取っていただけましたか？〉

〈葉書？　何のことを言っているの？〉

君が葉書を持ち出していることが、Aにとって想定外だということも考えられる。もしも君の母君向けの暗号だったら？　今日のAと母君の密会には、少なくとも、組織と母君が無関係ではないことを感じさせる」

「そして、母は都市計画のリニューアル予定地ばかりを散策しだして、わけのわからない行動をとった……」

「以上のことから、Aのバックにいる者が、都市計画と関連のある人物であると推測できる。その都市計画は、この時代にあってゴシックを思わせるかなり特殊なものだ」

「母は都市計画には反対の立場を表明していますが……」

「本心じゃなかったのさ。あるいは、もともとは都市計画の推進組織の一員だったが、現在は地域の付き合いを優先している、とかね。はじめの時、私と君は〈反美学〉についての議論を交わしたね。その少し前から、君は〈反美学〉に興味を持ち始めていた。〈反美学〉はハル・フォスターが提唱した言葉ではあっても、その言葉が根づいて広がるようなことはなかった。現代においてもモダニズムの隆盛に批判的な態度の者は多いにせよ、それで〈反美学〉を再び持ち出して惰性のモダニズムにピリオドを打とうという輩は現れない。だが、ここに一つの都市計画がある。この計画の中心に据えられた思想は〈反美学〉だ。もしも計画者が、自分と同じように〈反美学〉に興味を持つ研究者の存在を知ったら、どう思うだろう？」

女将が現れ、茗荷（みょうが）の梅肉あえを出して静かに立ち去る。

メニューは頼まずとも、灰島の趣味嗜好に合った料理が次々登場するようだ。茗荷の梅肉あえは、日本酒のつまみとしてこれ以上望めないほどの最高の一品だ。当然、酒が進む。茗荷の爽やかな仄苦さが口内に広がるごとに、酒でそれを引き延ばしたくなる。

「しかも、君はよりによって『ナンタケット島出身のアーサー・ゴードン・ピムの物語』を選び出した。あのテクストには未来のモダニズムへの警鐘が含まれている。そして、どうやら、この都市計画は『ピム』の影響を露骨に受けているところがある。どこかわかるか？」

「白の強調、ですか？」

「そうだ。テケリ・リ。所無の都市計画はユートピアの皮を被ったディストピア警鐘なんだよ。世界は狂気に蝕まれるぞ、と言っている。そのコンテクストは今明るみに出るとまずいことでもある。計画の段階で周囲から横やりが入れば中断されてしまうからだ」

「私の気づきが都市計画の続行を脅かしたということはわかりました。でも、それで母に近づいたのはどういう理由ですか？」

「さっきも言ったとおり、君の母君が都市計画の推進団体の一員だったからだ。仮に、サロンXとしようか。彼女はそのサロンXの考えに共感していたものの、プライベートな理由でサロンから足を洗った。ところが、これまで単純に反対してきた都市計画が、じつは秘密裡にサロンXが進めるプロジェクトであると知る。彼らはどこからか君の論文の構想の話を聞き、それでは自分たちの計画が途中でバレてしまうと考え、ポオに因んで、ドッペルゲンガー現象を用いて君を遠ざける作戦を立て、君の母君にも協力を要請する。今日、彼女が所無のリニューアルされる場所を回っていたのは、感傷からかも知れない。かつて、サロンXに所属していた者として、それらの思想をなぞっていた、ということもあるだろう」

「でも……地域の安全を謳ったような地元密着型の市民団体ならわかりますが、一つの思想のもとに集うようなサロンに属するのは、母のイメージに合いません」

「では、この団体はどうかな？」

灰島はそう言いながら、スマホで何かを検索し、画面を見せた。

「これは……」

そこに映っていたのは、〈カグラクラブ〉の六文字だった。我が大学にも、下部組織の学生団体があると噂されていたし、実際、新歓コンパの時期には立て看板を見たこともあった。

「この組織は、もとは当時の政治の決断に異を唱える過激なデモ運動に辟易した連中が、純粋に研究を愉しみ、各学問の垣根を越えるために、今から数十年前に結成されたらしい。創設者は当時大学四年の若者だった。その後、その会員たちが大人になり〈カグラクラブ〉は学生の集団から、秘密結社へと変わっていった。彼らからすれば、青春の証なのだろう。ここに彼らのモットーがある」

そのホームページの「信念」と書かれたタグを開くと、メッセージが表示された。

真に政治的であれ

「真に政治的であれ、とはどういうことなんでしょうか？」

「政治というのは政治家が国会でやっているあれのことだと思っている人間は多い。だが、実際は違う。〈政治〉とは、物事の変遷を治めることだ。たとえば、カントが『純粋理性批判』によって近代的自我を確立した時、それは価値観を司（つかさど）った意味で〈政治〉であったし、ル・コルビュジエがロンシャンの礼拝堂を建てたとき、そこに差し込む光は何よりも〈政治〉であった。すなわち、研究者は研究を極め、芸術家は芸術を極め、起業家はビジネスを極めることで〈政治〉を行なったことになる。〈カグラクラブ〉はそのような志をもった面々の集まるサロンのような場だった。それが秘密結社となっていく。この〈カグラクラブ〉の発祥の地と言われているのが、君の母君のいた大学——現在のT大学だ」

枡に伸ばしかけた手が止まった。

4

「君の母君が〈カグラクラブ〉創設当時のメンバーだった可能性はある。ここには、もう一人重要な人物がいた。それが誰なのか、君はもうわかっているんじゃないのか？」

灰島が何のことを言っているのかはわかっていた。

「……灰島さんはなぜそれに気づかれたんですか？」

「現在の所無市長の経歴をさっき調べた。彼もやはりT大学の出身者で、〈カグラクラブ〉立ち上げ当初は在学中だった。となると、都市計画の計画者が気になってくる。残念ながら、市のホームページにもその名は掲載されていないが、現在はT大学の建築美学チームが担当しているらしい。T大学の建築美学といえば、一人有名な教授がいる。その教授の名は――」

「……やめましょう」

ぐいと天蛙を飲み干した。不快感が込み上げたのだ。どんな魔術めいた工作が裏にあるのでも、あるいはまた全くそうではないのでも、どちらでも構うものか。

　そんなことはどうでもいい。

「君にとっては不愉快な話題らしいな。それは君の出生にまつわることだからか？」

「……あなたには関係ありません」

「だろうな。私も関係があると思って話しているわけではない」

「誰がその組織にいるのであれ、起こっている事象に変わりはないですよ」

「そうかな？　仮に、今日、君の祖母君が本当のことを言っていないとしたらどうだ？」

「……どういうことですか？」

「単なるクラブ会員ではなく、彼女は女王となるべき存在だった。『竹取物語』さ。姫君は〈月＝カグラクラブ〉へ帰る時がきた。そして、月には、もう一人の君がいる。赤の他人の変装なんかではなく、本物の、君の分身が」

　首を横に振った。そうすることで、何かが打ち消せるわけがないことはわかっていたけれど。

「あり得ません。だって祖母が否定したじゃないですか！」

「君の祖母君は出産に立ち会ったとは言っていない。病院に到着する前に、何らかの事情で移送されているのかも知れない。たとえば、未熟児であった場合は、呼吸器を取り付けて別室に入れられる」

「でも、そんな子がいたとして、誰がその子を育てるんですか？」

自分でもわかっている問い。それに対して灰島はあえてといった感じでだんまりを通した。

灰島は茗荷を優雅につまんで口に入れ、天蛙を飲み干す。

「肴を得て、この天蛙はまさに天に還るかの如しだな」

「……そうですね」

もうこの話題からは離れたかった。

「少し話題を変えよう。君が哀れに思えてきた」

「ありがとうございます」

同情でも何でも、この際ありがたかった。

「少し甘いが、この暗号の、恐らくは君に向けられたメッセージの解法を教えよう」

唐突に、灰島は親切心をぞんざいに覗かせる。

「……いいんですか？　カンニングですよ」

「知りたくないのか？　気が変わるぞ」

「教えてください」

「よろしい。まず、暗号には〈鍵〉と呼ばれるものが存在する場合がある。それを知らないことには解けないルールみたいなものだ。私がその〈鍵〉に気づいたのは、ドッペルゲンガー現象の利用から、君がポオ研究者であることとその葉書を結びつけたからだった。よくこの文字列を眺めてみろ。ポオ研究者なら真っ先にある文字が飛び込んでくるはずだが？」

「何でしょう……ちょっと待ってくださいね……」

じっと暗号を眺める。最初に考えたのは、ポオの名前のスペル。だが、そんなものは見当たらない。次に思い当たったのは、以前考えた文字を横に見ていく際に、三文字ずつ組にすると、Ａの混じっている確率が非常に高いということ。全部ではないが、そのようにＡが高確率で混じっているのは最初の一行目だけだ。

つまり、横列の最初の一行目とその他の行では、暗号としての役割が違うと考えられる。

「最初の横一行目にあるんじゃないでしょうか？」

「気づきが早いな」

そこまで正解なら、あとは根気と知識がモノを言う。たしかに最初にＥＡが隣り合っている部分があるから、ここをもってエドガー・アランと読むことも可能。だが、Ｐの音がない。Ｅ・Ａ・ＰＯＥのうち、Ｐがないので名前を混ぜたという可能性は排除される。

となれば、作品名か。

有名どころを順に入れていくが、ことごとく当てはまらない。そもそも英語に多く登場するEがこの行には二個しかないのだ。

だが、一つ惜しいのがあった。

「リジイア」

これなら、LIGEIAだから、この中にアルファベット自体は登場している。惜しいのは、左から見ていくと、Eの位置だけがGより前にあるため、スペルと違ってしまうのだ。

もしやこの位置のずれ自体も何らかの意味があるのでは？

そうして考えていくうちに、またべつの言葉を発見した。そして、今度は順番も完璧だった。その言葉を発見した後では、もはや「リジイア」など目に入らなくなった。

これだ。これしかない。

「わかったようだね」

「ええ。テケリ・リ、ですね？」

灰島はニヤリと笑った。

「おめでとう」

5

日本酒は、身体にもともとあった水のごとくすうっと入っていく。

「でも〈鍵〉が解き方になると言われても、しょうじきまだよくわからないことが多いですよ」

「だろうな。ではまずできることからやったらどうだ？　TEKELILIの文字をわかりやすく○で囲ってみろ」

「……やりました」

「その列の文字を、最初の一行を除いて読んでみるんだ」

「最初の一行を除いて……？　縦にですか？　横にですか？」

「何でも人に聞くな」

「すみません……」

まず横に見てみた。

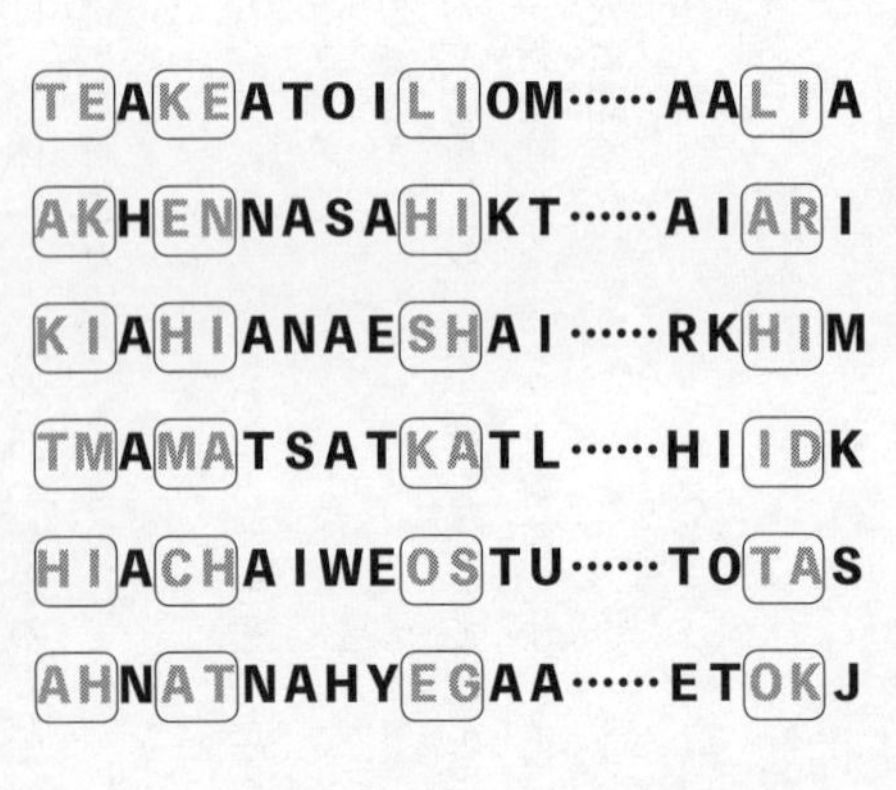

これでは何も意味が通らない。

では今度は縦に見てみよう。

A	K	E	N	H	I	A	R
K	I	H	I	S	H	H	I
T	M	M	A	K	A	I	D
H	I	C	H	O	S	T	A
A	H	A	T	E	G	O	K

「やっぱり意味がわかりません……」

「たしかに、一見すると意味不明だ。だが、君も気づいたかも知れないが、いちばん上の段の横一行の中にはAが多く含まれている。それらを三つに分けていったときは九組中七組にAが含まれていた。これも〈鍵〉の一つかも知れない、と考えた」

　それには自分も気づいていた。ただ、そこから先が袋小路だったのだ。

「それがどんな意味の〈鍵〉になるんですか？」

「なるべく頭をシンプルにしてこう考えた。単純に3を意味しているのでは、と。これはいささか不完全な推理ではあった。なぜなら、もしそういう意味を持つ〈鍵〉であるなら、必ずどの組にもAがあったほうが法則性として確固としたものにはなる。欠けているのには、またべつの〈鍵〉が隠されているということか。まだわかっていないことが多い。だが、とりあえず、3が重要なのだと考えてみた。すなわち、この全部で八個の文字列の中から三つ選び出せということだ、と。組み合わせは五十六通り。

A	K	E	N	H	I	A	R
K	I	H	I	S	H	H	I
T	M	M	A	K	A	I	D
H	I	C	H	O	S	T	A
A	H	A	T	E	G	O	K
	1					2	3

私はその五十六通りをすべてやってみた。その結果、一つだけ日本語として意味の通りそうなものが現れた。それが、これだ」

灰島は使う文字列を赤いペンで囲い、番号を振った。その順番どおりに読む。

K I M I H
A H I T O
R I D A K

きみはひとりだけ

「〈きみはひとりだけ〉ですか？」

「これが偶然の産物でないという保証はない。最後のEも足りないからな。何しろ、まだわかっていない〈鍵〉がある。まぁ、それも、君のドッペルゲンガーが入れた暗号と考えればさらに面白い。〈君は一人だけ〉なのに、ドッペルゲンガー現象に悩まされている。この場合の〈君〉とは君のことなのか、もう一人の君のことなのか。私は後者だと考えていた。つまり、もう一人の君が言っているわけだ。〈君〉は二人もいらない、自分だけでいい、と」

背筋に寒いものが走る。天の蛙が背中を蹴ったわけでもあるまい。

「顔が赤いぞ。酔ったのか？」

灰島は首を傾げる。まだ一杯だぞ、と言いたいのだろう。自分だって驚いている。たぶん、疲れすぎているのだ。今日一日のことや、その前からのドッペルゲンガー騒動のせいで。

「もう一杯お願いします」

「一杯だけじゃなかったのか？」

「駄目なんですか？」

灰島はお手上げのポーズをとる。

「女将、僕と彼女にさっきと同じものを」

飲まなければやっていられない話だった。

〈君は一人だけ〉

一人でいい、ということか。余分なのはこちら。

昨日の夢が思い出された。

いつの間にか、自分に成り代わって、黒猫と腕を組んで歩く女。

今日、母が彼女とカフェにいたのを見たとき、何とも言えず、落ち着かない気持ちになった。あれは、生命の危機のような本能的恐怖感だった。

母が自分を捨てて、Aをとる？

母にかぎってそんなことはないだろう。けれど、彼女が自分に対して重大な秘密をもち、そのなかで今日揺れ動いていたのは確かなのだ。

失望ではない。ショックでもない。ただ、悲しい。

「さっきも言ったように、この暗号は君に向けられたものか、君の母君に向けられたものかがわかっていない。ただ〈テケリ・リ〉が〈鍵〉に使われていることから君向けだと判断しているに過ぎない。もっと暗号の隅々までが解ければ、ニュアンスが変わってくることも考えられる」

灰島の言葉は、いまの自分には気休めにしか聞こえなかった。

「母君を憎んではいけない。親というのは、いつでも子にはわからないような途方もない大きな悩みを抱えているものだ」

「独身の灰島さんにそんなことわかるんですか？」

「私はバツイチだ。かつての妻は子を連れてアメリカに渡った。だから、まあ一応、人の親ではある」

「そうだったんですね……ごめんなさい、何も知らなくて」

「それより、賭けは私の勝ちだってことを忘れるな」

「え？」

「これで、君は私の言うことを聞いてくれるわけだ」

「いやいや……そんな……まだ当たったとは限らないですし」

「当たっているさ。こうしよう。もし当たっているとわかったらその段階で言うことを聞く。なに、プライベートなことで無理を言う気はない。ビジネス上のお願いだ」

気になる言い方だった。プライベートで無理を言われても困るが、ビジネス上で灰島から何かお願いされるとなると、それこそ荷が重い。

それからしばらく、無言のまま酒を飲み続けた。灰島が話しかけぬかぎり、自分のほうからはとくに話す言葉が見つからなかった。ずっと頭のなかでは、母のことを考えていた。

母は、なぜ何も自分に打ち明けてくれなかったのだろう？

「そろそろ帰ろう」

灰島がそう切り出したのは、十時を回ったときだった。一杯のはずが、いつの間にか飲み過ぎている。いつものこと。でも、隣にいるのは黒猫ではない。

店を出ると、灰島がタクシーを呼ぼうとした。

「大丈夫です、電車で帰れます」

まだ終電はある。だいいち、無駄な出費はしたくない。

灰島はそれ以上押してはこなかった。

「最後に一つだけ聞いてもいいですか。私はこの件とどう関わればいいのでしょう？」

「君ができることは、母親と話し合うことだけだ。生者の謎は生者に聞くべし」

「誰の言葉ですか？」

「私の言葉だ。名探偵なら、ここでこう言うことだろう。手がかりはすべてそろった、と。幸運を祈ろう」

灰島はドーナツの入った紙袋をこちらの手に持たせると、駅とは反対方向に行ってしまった。

紫陽花が、夜の静寂を吸い込み、その艶やかさを増している。蛙の声が聞こえる。合唱にはならず、モノフォニーを奏で続けている。

包みを開けて、もらったドーナツを一口かじった。

その人工的な甘みが、なぜか涙腺を崩壊させた。

ねえ黒猫、私は今日、あなたがいないのにこの街にいて、S公園を歩いて帰ろうとしているよ。

か。

あなたがいないのに——。

いや、もう帰ってきてる？

そう言えば、昼過ぎに一度電話があった。あれは、帰ったことを知らせる電話だったの

か。

部屋に寄ってみればいいじゃない？

すぐにでも顔を見たい気持ちと、顔を見るのが怖いという気持ちが、闘っていた。まだ帰宅している保証はない。調査が長引くことだってないわけじゃない。

電話で確かめようか。

けれど、スマホを取り出した瞬間、また、電話に出た女の声がよみがえる。やっぱり電話じゃなくて、顔を見よう。いなければ、諦めて帰ればいいのだ。

腹を決めて歩き出す。

今宵のS公園は、いよいよ鬱蒼と緑が繁り、池に向けて霧をつくり出していた。

見上げれば、満月がこちらを見ている。今日は結局雨は降らなかった。

月よ、どうか連れ去らないで。

母を、黒猫を、私の世界のすべてを——。

かつてこれほどに心細く、孤独な夜があっただろうか。

満月の隣に、青い満月が現れる。

いつかの夜を思い出す。

あの時、黒猫は言った。

――月はどこにでもあるんだよ。

その言葉どおり、今夜も青い月が見える。青信号。けれど、酔って朧になった視界には、それは青い満月に見える。

何もかもが遠ざかっていく。

そうして――突然にそれは起こった。


「あなたのせいよ！」


鏡の中の別人格に罵られた気分だった。自分と同じ顔をしたその女性が、激しくこちらを糾弾している。

深酔いしている自覚はあったけれど、それをアルコールが見せる幻覚だと片づけきれないことは、この数日の出来事でわかっていた。

これは紛れもなく現実。

目の前にいる白銀色の髪をした女は、白いゴシック調のワンピースを着ている。今日は髑髏の刺繍が胸の辺りにあしらわれていて、その髑髏の頭の上に載った蝶が、肩から腕に描かれている。

白のチョーカーは間近で見ると、ウロボロスの蛇を象ったものでかなりグロテスクに思われた。

白銀色の瞳が、こちらを凝視している。

「ねえ、聞いてるの？　何とか言いなさいよ！」

ドッペルゲンガー。見開いた目は、自分よりわずかに大きいか。いや、自分もしっかり見開けばこんなものか。

「あなたさえいなければ……！」

唐突に、突き飛ばされた。酔いで覚束ない足元は、ほんの少しの力でも簡単にぐらりとよろめいてしまう。いつもなら踏みとどまれるはずが、完全にバランスを崩した。

身体が白線の外側に倒れる。

屋根から落ちる雪の塊みたいに、倒れて粉々に散ってしまうのかも知れない。そんなとりとめのないイメージが広がる。

大型トラックのライトが全身を包み込む。

こっちに来る……。

死ぬのだ。

どうしてこんなことになったの？

何がいけなかったの？

遠のきつつある意識のなかで、愛しき人を呼んだ。

黒猫——助けて……。


そして、幻を見た。

黒猫に、抱きかかえられる幻を。

久しぶりに聞く黒猫の声が、ドッペルゲンガーに向かって言った。

「もうお帰り。誰もこんなことは望んでいない」

誰も——？
誰のこと？

そこで、意識は途絶えた。

黒猫のいない夜のディストピアⅨ　帰還

1

奇妙な夢を見ていた。

自分が自分ではなく、自分の抜け殻になっている夢。今日からはもうただ朽ちていくだけの殻に過ぎない。

そこに、Aが現れる。彼女はこちらを憐れむような笑みを浮かべている。

——あなたは殻よ、ただの殻。あなたに〈私〉なんかないわ。

そんなことない、と言いたいのに、声が出てこない。

——恋人が浮気しても連絡ひとつせず、母親に不審なところがあっても、本人に尋ねるでもなく、そんなあなたに「私」があるの？

彼女がナイフを振り下ろす。

殻のこちらにはぶすぶすと穴が開く。穴が開くばかりで、少しも痛くはない。自分は本当に殻になってしまったみたいだ。

けれどやはりナイフは恐ろしくて、悲鳴をあげた。

その悲鳴で——目が覚めた。

ここは……。

周囲を見回す。

今にも崩れ落ちそうな書物の山。その隙間に配されたソファに自分はいた。

トントントンと、俎板に包丁があたる音がする。

ここは、黒猫の家。

音が、不意にやむ。

「目覚めたみたいだね。無事でよかった。君は最近、めっきり酒に弱くなったようだ」

肩にかけられていたのは、黒猫のスーツ。

キッチンには、白シャツを腕まくりして包丁を握る黒猫の姿。

「黒猫……私どうやってここに……」

自分はさっきトラックに轢かれそうだった。いや、あのタイミングではどう考えても轢かれていたはず。なのに、指一つ欠けていない。

「誰と飲んでたんだ？」

「……べつに、誰とでもいいでしょ？」

自分は何も言わないくせに、こちらだけが開示するのはおかしい。

「好戦的だね。何か怒っているらしい」

「まあ、怒ってないことはないけど」

「何だろうね。当てようか。帰ってくるのが遅すぎた」

「ブッブー。ハズレ」

わざととぼけているのだろうか？

でも、黒猫の表情を見るかぎりそんな様子は見られない。

「ヒント。黒猫先生は昨日誰と飲んでいたのでしょう？」

黒猫はその問いの意味を考えるつもりか、目を瞑った。わずかに顔をほころばせる。

「それより、君には何か悩みがあるみたいだったけど？」

話題を逸らす気らしい。黒猫らしくもない。やっぱり怪しい。

「ない」

「恐らく君を突き飛ばして逃げたドッペルゲンガーにまつわることだろう？」

「どうしてそれを……」

そう言えば、意識が途切れる直前、黒猫が彼女に何か言った。たしか――。

――もうお帰り。誰もこんなことは望んでいない。

黒猫は彼女が何者かを理解しているのか？

「出張帰りにあの現場を目撃したからさ。僕は道路に倒れかけた君の腕を摑んで歩道に引き戻して抱き止めた。彼女は僕を見て走って逃げた。どうする？　警察に届けを出すかい？」

「……いいえ、大丈夫。それより、黒猫の目から見てどうだった？　あの女性は、私にそっくりに見えた？」

出張の同伴者について黒猫が黙秘する気なら、話題を変えるしかない。昔からこういった追及は不得手なのだ。

「いいや。似た要素があるというだけで、君とは別人だ。持っている雰囲気が違う」

「え、本当に……？」

黒猫は力強く頷いた。その迷いのない姿勢に、反対に戸惑う。

「そんなことより、まず君の棘を抜きたい」

「抜けるの？　私の近くにずっといなかった黒猫に」

黒猫は何か考えるように黙っていた。が、やがて、頷いた。

「起こったことをあるがままに話してくれたら、君の棘を抜ける」

黒猫はスープが入ったカップを目の前のローテーブルに置いた。

「これ、熱いからゆっくり飲んで。やけどしないようにね」

小さな持ち手の部分を握り、ふうふうしながら一口含んだ。腹の底に、ロウソクの火が灯されたような感じがした。ローリエやジンジャーの風味が、深いコクのある味わいをさらに引き立てていた。細かく刻まれた野菜はいずれもとろりと柔らかく、スープの味がしっかりと染みている。

「さあ、話してもらおうか」

まだ迷っている。

彼を信じるの？

それとも、傷つくのが嫌だから、騙されるふり？

自分のことを、自分がいちばんわかっていない。

けれど——不思議なもので、スープにふたたび口をつけた時、手放しかけていた現実が、どうにかぎりぎりのところで戻ってきたのを感じた。

2

「なるほど」

この三日間に、自分の身に起こった出来事を要点をまとめて話した。ただし、灰島の存在は隠したままで。一連の話を聞いた後で、黒猫は、しばし黙った。いつものように、下唇を指の腹でとんとんと叩く。思考がとてつもない速度で動き出している証だった。

だが、グラスになみなみと注がれたカルバドスを一度口に運ぶと、それと同時に思考時間は終わったようだった。

「美的でないものは、真相の名に値しない。かつて僕は君にそう話したね。覚えている？」

「もちろん」

「それは、いかなる意味においても真実なんだよ。美的である、というその意味を多くの人は美しさと結びつけて誤解している。だが、実際に〈美的〉とは醜、快、優美、崇高、愛らしさ、好ましさ、とさまざまな位相がある。僕に言わせれば、〈反美学〉の概念を持ち出すまでもなく、美とは常に概念が変化し、更新されるものでなければならないんだ」

「美は、進化するの？」

「美的概念は停滞すると、意味が一般化してさまざまな機能不全を起こすようになる。ありていに言えば、美的なものが少しも美的でない、という矛盾を引き起こすようになるんだ」

「それは……」

「現代において、美の寿命は、その時代の科学と足並みを揃えている。その証左に、十九世紀以降の芸術の変遷はかなりいびつに、かつ迅速なものになっている。意味が停滞しては啓蒙や科学に飲み込まれてしまう。それに抵抗するようにしてアンチ思想が誕生する。〈反美学〉も、そうした流れの一形態に過ぎないだろう。だから、君が遭遇している謎にしても、仮にそれが〈反美学〉的な謎であるにせよ、これまで通り美的真相の範疇にあると言えるんだよ」

「その口ぶりだと、もう真相に気づいているのね？」

黒猫は静かに頷いた。彼に与えられた時間はあまりに短かったのに。この三日間の出来事をかいつまんで話し、あの葉書を見せただけで、真相に辿り着いたというのだろうか？

「いま、所無では大規模な都市開発が進んでいるね」

いきなり短剣を突きつけられた気分だ。黒猫がまっすぐに切り込んでくるとは思わなかった。

「〈所無ユートピア十カ年計画〉の要は、モダニズムからの脱却にある。一時的にポストモダンが流行したものの、ふたたびモダニズムに回帰しつつある現代に、この都市計画者は、その流れに逆らっている。建築様式は一見ゴシック風で先祖返りに見える。でもそうじゃない。妙に尖ったアーチにせよ、高い天井にせよ、奇妙な置物にせよ、それらは〈やがて自然美にカウントされるものとしてのフォルム〉を目指して、その〈自然美〉こそを脱構築しているんだ」

「〈自然美〉を脱構築している……？」

「そう。たとえば、見上げれば電線だらけの街並みは、かつてであれば空を遮る醜悪な景観と呼ばれた。だが、この計画者は電線や看板みたいに、都市に不可欠で、そこに溢れている感覚すら麻痺しかけているような要素を、あえて〈自然美〉にカテゴライズしているんだ。

彼の計画の中では、ごちゃごちゃした風景を醜に追いやる〈モダニズム〉は、更新された〈自然美〉を破壊する存在だ。所無の都市計画者は〈モダニズム〉を〈自然美〉破壊の象徴と定義する。そして、更新された〈自然美〉を保護する聖域を作ることにする。それが、今回の五つの施設のリニューアルポイントになる」

「あの五つの施設のリニューアルが、〈自然美〉の保護になるというの？」

「そうだよ。むき出しの配線や外部装置を、目立たせるように配置し、建物を白くすることで際立たせる。しかも、余白は自由広告のネオンで埋め尽くされる予定だという。尖頭型アーチに見えるものも、よく見ると、全体に丸みがある。あれは従来のゴシックではなく、氷柱や鍾乳洞の石灰岩や珊瑚礁(さんごしょう)といったものをモチーフとしている。あるいは――竹藪を」

「竹藪……？」

その言葉で、腑に落ちなかった部分がすっと消えていった。

建築にルーツを求めるからいびつに見えていたのだ。自然美の拡張として考えればよかったのだ。

「昨今の都市計画が掲げるスローガンはどれも陳腐なものだ。〈日本に美しい景観をもう一度〉、〈二十一世紀ＴＯＫＹＯの美観を〉。それらの言葉には中身がない。機能美を追求しただけの街並みは、もはや美的とはならないし、レトロスペクティブな思考から生まれた江戸回帰を目指した建築は滑稽さしか生まないだろう。では何をもって〈美しい〉と呼ぶのか？　それが、曖昧なままで進んでいる都市計画が多すぎるんだ」

「都市開発ともなれば巨額のお金が動くはずなのに、肝心の美が曖昧なかたちのまま進むことが多いのはなぜ？」

それこそがプロジェクトの要なのではないか。だが、黒猫は淡々と、あまりに現実的な回答を返した。

「巨額の金が動くからさ」

「そんな……身も蓋もない……」

「身も蓋もない世界なんだ。本当は誰も美なんか興味がない。ただ金を動かすための方便として便利だから使っている。都市開発には名目がいる。〈美しい〉の中身なんか誰も求めないというわけだ」

「灰島さんもそんなようなことを言ってた」

うっかり名前を出してしまった。これは隠しておくべきカード。

「ああ、あの灰島さんか。君が彼と知り合いとは思わなかったね。もし今回の謎解きに彼もかかわっているのなら、僕の出番はわずかで済むのかも知れない」

「黒猫は彼を評価しているの?」

「まあね。近所に住んでるようで面識もあるが、既存の概念に囚われない人だ。彼なら、難なく真相に到達するだろう。だが、以前灰島さんの論文を読んで一つだけ違和感を覚えたことがある。それは、美は彼が考えるよりもっとしなやかなものだってことだ」

「ポストモダンは袋小路だったという反省から、停滞を余儀なくされているのが現代のモダニズムなんじゃないの？　そのためには〈反美学〉によって美学の軸足を……」

「そうだよ。美学は反省的プログラムとしての〈反美学〉を取り込む。これは以前も話したけれど、そもそも芸術というものの定義も見直さなければならない。かつて芸術は人間の精神的な行為を伴う概念だった。だが現代ではＡＩも芸術を手掛ける。明らかに、芸術の概念は脱構築を強いられているし、我々が何に美を感じるのか、我々の感覚はどのように変わってきているのか、いま、我々が醜いと感じるのはどんな瞬間なのか、それは何故なのか、といったことを一つ一つ精査していくことが重要だ。美はたえず変わり続ける。そこに規範なんてものは存在しないんだ」

たしかに、美が変遷せず固定のものとなれば、おのずと万人にその理解は共通となる。それによっていいこともあるだろうが、さまざまな場面で都合よくつかわれることにもなる。

「何より、美における〈驚愕〉の側面がないがしろにされていくことは解せない。万人が納得して美だと認めるようなものは、もはや美ではない。美とは衝撃であり、精神に仕掛けられた爆薬のようなものでなければならない。その意味で、このモダニズムのぬるま湯に安寧を築こうとする都市の寄せ集めのような国で、あえていびつな〈自然美〉を用いた所無の都市開発は注目に値すると思っていたんだ」

「そうだったんだ……」

「一方で、それが景観にそぐわないとして、市民からの反対にあっているのも、理解のできることだ。あまりに奇抜なオブジェは、いつでも顰蹙を買う対象となる。問題は、いま人々の糾弾しているポイントがどこにあるのかということ。〈景観を乱す〉と表現する場合、多くは、単に色彩や形状だけが問題とされていたりする。たとえば、雑多な配色の街並みに、突如真っ白な建物を建てる今回の試みがそれだ」

「そっか。だから、あんなに反対が……」

「それだけじゃない。もう一つは記憶の排除」

「記憶の排除？」

「今回の都市開発は、意図的に所無のアイデンティティと結びついている公共施設の再編が行なわれている。公園、図書館、文化会館、競馬場、航空記念館……。そこに土地の記憶を留めるような工夫は見られない。計画者は、都市の記憶を排除し、アイデンティティを崩壊させている」

「それが、意図的だというのは確かなの？」

「恐らくね。リニューアルされる施設の外観に使われる白は、調和への拒絶を示している。躍動せよ、という意味でもあるだろう。純白は強烈であり、それゆえに反発を招く。だが考えてみてほしい。所無の人々がこれほどまでにデモを起こすような生命力を見せたことがかつてあっただろうか？」

「それは……」

所無市といえば、ファミリー層の多いエリアだ。皆まわりの顔色を見ながら本音を隠し、一歩外に出たら笑顔を強いられているところがある。江戸っ子とは程遠い、ことなかれ主義の代表のような土地柄。

その人たちが、白という色、ゴシックという様式への拒絶反応のために運動に立ち上がった。

「違和感をもったときから思考は開始される。今はまだ計画中だが、都市として完成した時、その色は動かしがたいものとして都市に組み込まれる。色彩はバカにできない思考性をもっているんだ。

三十年前は、街並みに美しさが必要だなんて考え方は行政にはなかった。彼らにあったのは経済の復興であり、その象徴としての東京タワーがあった。東京の雑多な街並みは、がむしゃらに足掻くことで形成されていった。そのため、電線はむき出しだし、看板はやたらに乱立している。美的感覚からいえば、我が国は戦後何年かそういった点を考える暇がなかった。ところが、ある時期から、人々は街並みが美しくないことに気づき始める。

そうして、批判が始まる。それ自体は時代の必然でもあった。問題は、行政がそれに乗っかったことだ。行政は美しさのために多くの都市開発計画を実現させていくことになる」

「モダニズムの腐敗……？」

「美をスローガンにした途端に、都市は美のかたちを見失い始める。もともと見つけてなどいなかったことが露呈し始めるというべきか。その結果、美の再考が求められる。それは同時に、都市の本性を問うことでもある」

「都市の本性……」

「たとえば、所無の本性。この都市には、特筆に値するような歴史がない。江戸期は幕府直轄領がほとんどだったが、明治期にかけては東京都の区画とするかS県の管轄かで揺れた。最終的にS県に区画されたのは戦後になってからだ。その間、ずっと問題を棚上げにされていた、いわば〈忘れられた土地〉だった。文字通り、地図上にない土地だったんだ」

その言葉が、三年前の記憶をよみがえらせる。

でたらめな地図。

そこに秘められた想い。

あの地図に記されていた街は、実際には地図上にない土地だった。

何かが、つながりかける。
何かが――。

3

「地図上にないなんてこと、あるの？」

黒猫はダークチェリーをつまみながらカルバドスを飲む。酔いを覚ます自分と、少しずつ酔いを体内に取り込む黒猫。上りの電車と下りの電車がどこかですれ違うように、二つの状態が並ぶ瞬間はくるのだろうか。そんなことを夢想する。

「あるよ。国が作る地図なんて、自分たちに不都合な土地は、さも空地であるかのように見せかけていたりする。所無という地名は、文字通り、〈無いはずの場所〉という意味で、まさにユートピアなんだよ」

黒猫からその言葉を聞くのは、久しぶりだった。三年前の夜が戻ってきたような気がした。

都市計画などでは、地名の字面から後付けで意味を付加してコンセプトにしているのかと思っていた。が、歴史的にも正真正銘のユートピアだということになる。

「戦後は西武線の開通もあり、住宅街を中心にして街並みが作られた。言ってみれば、歴史性というものがほとんどない、人々が暮らすために作られた、それまではなかったはずの場所だった。君も知ってのとおり、ユートピアとは、ウーという〈ない〉という意味の語にトポス〈場所〉がくっついたのが語源だ。ウートポス。どこにもない場所。それまでどこにもなかった住特区という意味では、所無は居住者にとってはユートピアだったはずだ」

「それが、所無の本性……」

「そう。だが、今の所無には新しく居住者を迎えるようなスペースはない。駅前にはビルが乱立し、せいぜいタワーマンションを建てるのが関の山だ。人口密度が上がれば活気は出るが、都市自体の抱える問題も多様化する。治安はどうだい？　十年前に比べれば悪化していないか？」

「ええ。そうね。治安はたしかに悪化したのかも」

「そういう意味で、都市は日々変わりつつある。そのなかで、都市の未来像を描くのは、都市計画の大切な役割でもあるんだよ。ところで、君はこの都市計画が誰によって計画されたものか知っているかい？」

「所無の市長でしょ？」

とぼけるつもりはなかった。けれど、何となく喉の奥につかえた名前を言えずにいた。

「こういう時はかならず誰か都市計画の専門家が招かれる。じつは、今回の僕の出張は、この所無の都市計画の発案者を調べるためだったんだ」

狐につままれたみたいな気分だ。

「そうなんだ……え、でもそれで何故滋賀県へ？」

「順を追って話そう。僕が所無の都市計画の異様性に気づいたのは、四月頃のことだ。いま表立って計画を遂行しているのは、T大学の葉村教授だ。だが、彼が計画したにしてはずいぶんアグレッシブだった。かなり反権力的な意図を感じる。それで、僕は都市計画の過去の概要を遡って見ていったんだ。すると、計画の責任者が途中で変わっていることに気づいた。今回の都市計画の大本を作り上げたのはべつの人物だったんだ」

「……誰なの？」

「はじめはわからなかった。でも、公園の完成見取り図で噴水のところに建てられる予定の天女像を見て、はて、と思った。つい最近、それと同じ天女像がどこか別の公園のゲートの部分に描かれているニュースを見た気がしたからだ。記憶を辿ると、長波間にある施設だとわかった。それで、滋賀県に飛んだ」

黒猫が滋賀に飛んだのは、長波間市竹林公園のエントランスに数年前に作られた天女像が、所無の中央公園に建てられるものと似ていたかららしい。

「長波間市の職員も、計画者を教えなかった。だが、T大の研究チームが現在担当していることはわかった。滋賀県にあるT大学校友会には同じくT大出身の市長も所属していたことから、市長の友人と会わせてもらえることになった。おかげで、市長がその人物に依頼した経緯がすっかりわかった」

その先は言わなくてもわかっていた。灰島の途方もない推理と、黒猫がべつの地で探っていたことがつながっていく過程に、他人事のように興奮を覚えてしまう。

「市長は〈カグラクラブ〉に所属していたのね？」

「よく知ってるね。都市計画の責任者は、その創設者だった。創設当時の会員には君のお母さんの名もあった。そして、彼女ゆかりの二つの土地に類似する天女像が」

「……もういいよ。創設者の名前は、扇宏一。そうでしょ？」

その名前がここで出てくることは、必然だったのだ。

心のどこかで、ずっと予期していた。

自分の父親、扇宏一が、所無の街を塗り替えようとする張本人だったのだ。

黒猫は静かに頷いた。

肩に載っていた重石の一つが、脇にどけられた。だが、まだすっきりしたわけではない。

「でも、彼は現在、都市計画から名前を外されている。それはどうしてなの？　名前を知られてはいけない存在だから？」

「ごく普通の、ある意味では、この世にいる以上は避けて通れない、よくある事情さ」

そこで黒猫は深いため息をついた。

「そのことで、昼に僕は君に電話をかけたんだ。帰ったら一緒に行きたい場所があったから。君は電話に出なかったけどね」

「……ごめんなさい」

そのための電話だったのか。あの時、競馬場にいた。出るべきだった。出られたのだから。

「謝ることじゃない。電話なんて、出たくないときにまで出なきゃならないほど束縛の強いツールではない」

それでも、言外に黒猫がこちらを責めている気がした。そんなことはないのかも知れない。ただの沈黙で、そのなかに怒りを読み取っているのは自分のほう。

「もし電話に出ていたら、どこに連れていく気だったの？」

「……新宿慈広総合病院。扇宏一教授が、極秘で入院していた病院だ。彼に死期が近づいていたんだ」

「え……」

死期――？

二十代も半ばを過ぎ、その単語にも何度となく触れてきているはずなのに、少しもそんなことを考えていない自分がいた。

どうしてそんなことが……。

世界はいつも意地悪だ。

見えないピースが繋がりかける。

それも、よくない繋がり方だった。

時に偶然は、悪魔に似ている。

4

どれくらいの時間が流れたのかはさだかではない。それはほんの十秒だったかも知れないし、五分だったかも知れない。とにかく、どちらもが口を閉ざしている時間が、それなりに流れた。

ようやく沈黙にピリオドを打ったのは黒猫だった。

「詳しく聞こうとしないんだな」

「……だって、聞いたって……」

聞いたって仕方ない、そう言おうとして、躊躇(ためら)った。何が、どう仕方ないのか、論理的に説明できない。

黒猫はもともとそれで完成するデザインのように細く長い足を組み、テーブルから人差し指と親指でつまみ上げた葉書を、顔を斜めにして流し目で眺めている。一度解いた答えが正しいことを、念のため確認するような見方だった。

「灰島さんの、この暗号に関する考えが知りたいな。彼はこの暗号からどんな答えを導き出したんだろう?」

扇教授の入院に関する話題を続けるよりは、ありがたい話題転換には違いなかった。順を追って、灰島の推理や暗号解読について話す。黒猫はその話をじっと目を瞑って聞き、時折深く頷いたり、たまにフッとおかしそうに笑ったりした。

「灰島さんは〈カグラクラブ〉が都市計画に関与しており、君のお母さんがその組織の女王的存在で、じつはこっそり産んだ君の双子の片割れが暗号を届けに現れた、と推理したわけか。それはダイナミックで、なかなか面白い解釈だった」

黒猫は興味深そうに何度も頷いた。こちらは、この数日、灰島と急に話すようになった経緯を合わせて説明することにした。

黒猫は葉書に書かれたアルファベットの羅列を眺めながら言葉を紡ぐ。

「真相についての解釈はともかくとして、灰島さんの暗号解読の精度はかなり正確だった。解けなかった〈鍵〉はあるにせよ、ここまで解けたことのほうがむしろ奇跡だろう。だが、そこから先が間違っていたようだ」

「暗号の解読が合っていれば、それで正解じゃないの？」

黒猫は静かに首を横に振る。

「この暗号に〈カグラクラブ〉は関係ない。もっとごく個人的なものだ。本来まず君のお母さんが受け取り、彼女の口を通して君にも伝えられるべきものだったんだ」

「私の、母に向けられた葉書？」

「そう。〈鍵〉を一つ見つけたところまでは、灰島さんは正しかったし、その暗号の解き方も正確だった。ただし、本来その〈鍵〉は一つ目の〈鍵〉を開けてから開けるべき二つ目の〈鍵〉だったんだ。暗号に一部不可解なところがあったり、規則性が曖昧に見えるところがあったのはそのせいなんだよ。まず、一番上の横一行を見てごらん。灰島さんはそこからTEKELILIという文字を見つけ出した。でも、その文字を先に見つけ出したのは、君に宛てた暗号だと思い込んでいたからだ。もしも、君のお母さんへの暗号だと思ってみれば、べつの文字列に気づいたはずだ。作成者は、宛名など書かなくてもまず君のお母さんが受け取り、彼女のための〈鍵〉を解読してから君にも伝える、と思っていたことだろう」

そう言われてハッとした。

「うそ……」

「そういうこと」

黒猫が文字に青いペンで○を囲っていく。

囲われた文字をつなげて読むと、こうなる。

T、A、K、E、T、O、L、I、M、O、N、O、G、A、T、A、L、I

「たけとりものがたり……これが、一個目の〈鍵〉?」

「そうだよ。すると、どうなる?」

TEKELILIの時と同様に、それぞれの文字列を横一行目の文字を除いて縦の列で読んでみた。

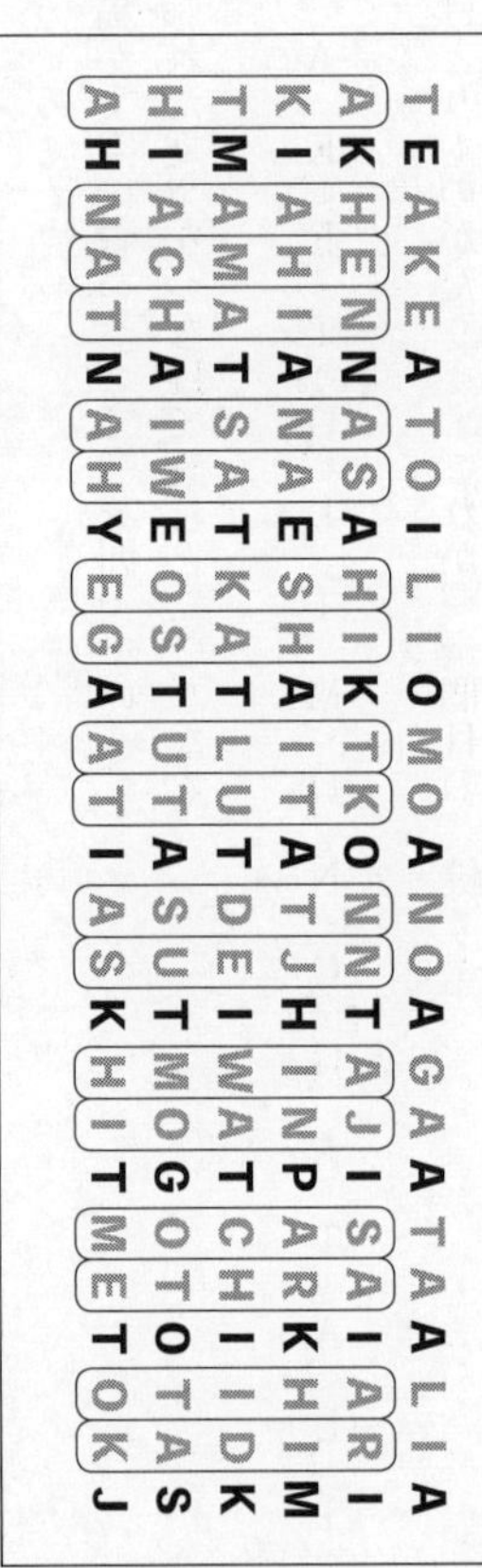

だが、これが何かの意味に読めるとは思えない。左から一行目は〈芥〉と読めなくもないが、二行目三行目と進むほどにそれでは成り立たないことが明らかになる。

ではさっきとは逆に、横に見てみたらどうだろう？

今度は、TAKETOLIMONOGATALIの文字と縦に同列にある文字群を、横に読んでみる。すると、黒猫が解読すべき部分だけを囲った。

「あへなし、かひなし、たまさかる、はちをすつ、あなたえがたし……これってもしかして……」

AHENASHI（以下略）

KAHINASHI（以下略）

TAMASAKALU（以下略）

HACHIWOSUTSU

ANATAHEGATASHI

「そう、『竹取物語』の各章の末尾に現れる、嘘の語源が解かれる言葉だよ。ぜんぶで五つ。ただし、順番が違う。実際の順番はこうだろう」

黒猫はそう言ってペンで正しい順番に並び替えた。

HACHIWOSUTSU

TAMASAKALU

AHENASHI

ANATAHEGATASHI

KAHINASHI

「これらは、『竹取物語』の〈序・破・急〉の中の〈破〉に当たる。本当は〈かひなし〉のあとにもう一つ〈急〉のところで〈かひあり〉の語源解きもあるが、そこはあえてなのか、記されていないね。これらの順番がぐちゃぐちゃにされていたのには、べつの意味があるんだろう」

「どんな意味が?」

「またべつの〈鍵〉になっている、とかね。でもまあそれは後で考えるとして、結果としてこの葉書は君が読んだだけで、お母さんには届かなかった。恐らく、君によく似た女性——君の表現に則り、Aと呼ぼう——が君のもとに現れたのは、それを恨んでいたからだ」

「……その暗号はどんな意味があるの？　『竹取物語』の言葉が出てくるというだけで、母にその意味がわかるの？」

「わかっただろう。というか、正確に言えば、彼女は暗号を解かなくても、ここに書かれたことの意味くらいわかっていたんじゃないのかな。そうでないと今日の彼女の不可解な行動が読み解けない」

「どういう意味？」

「都市開発のリニューアルポイントさ。一つずつ見てみよう。

まず、一つ目の〈あへなし〉。この言葉で浮かんでくるのは、所無中央公園のリニューアル」

「どうして？　これがどうして公園のリニューアルと関係してくるの？」

〈あへなし〉とは〈どうしようもない〉というような現代語訳になる。それが、公園のリニューアルを指すと言われても、宇宙語を聞かされているようだった。

「注目すべきは、『竹取物語』の中に、嘘の語源が説かれるというユーモアが繰り返されているところだ。それをこの暗号にも利用する。つまり字義通り〈あへなし〉と考えるのではなく、言葉遊びだと考えるんだ。そう考えた時、〈所無ユートピア十カ年計画〉の大規模リニューアルの対象となっているのがちょうど五つの施設だと気づいた。公園のリニューアルポイントはいくつかある。芝生をなくしてすべて真っ白なゴムを敷く。ゴシック調のゲートを設けるといったものだ」

「その中の何かが言葉遊びで〈あへなし〉になるの？　まったく思いつかないんだけど……」

「公園にある芝生とは、通常どういう役割をするものなんだろう？」

「それは――休むところ、かな」

「そうだね。つまり、安らげる場所だ。そこに、場所を意味する〈辺〉の文字を重ねてみる。〈安辺〉。これで〈あへ〉と読めば、芝生の言い換えと考えられる。つまり、〈芝生なし〉」

「あっ……」

「気づいたようだね」

「だから、母は今日、公園で何もせず芝生の椅子にじっと座って……そんなことにどんな意味が……？」

「意味はおいておこう。次、〈かひなし〉。これは、もう少し簡単だ」

そう言われても、やはり具体的に何と結びつければいいのだろう？　ここまできたら一つくらい正解したいのに。

「ヒント、君の好きなものだ」

「……このスープ？」

「ハズレだ。どうだい？　そろそろ口直しに」

黒猫はこちらのカップがすでに空になっていることに気づいていた。

「それじゃあ、コ……」言いかけて固まった。

そうか。

「コーヒーね？」

「ご名答。コーヒーは明治時代、〈かひ〉と呼ばれ、〈珈琲〉の漢字が当てられた」

「〈珈琲なし〉と言われても……え、もしかして、航空記念館のカフェのこと？」

「そういうことだ」

なるほど。それで母はカフェに入り、珈琲を注文しながら口をつけなかったのか。だが、やはり母の行動には意味が相変わらず欠けている。

「いい調子だ」

黒猫は立ち上がり、コーヒーメーカーに粉を入れ始める。

ふわりとキリマンジャロの香りが漂い出す。

「次は、TAMASAKALU。これはやや難しい。まず、古語の〈たまさかる〉とはどういう意味なのか？」

「〈正気を失う〉でしょ？」

「そう。しょうきを失う、と言えば？」

「しょうき……もしかして……図書館の詳記ね？」

「どうやら酔いが醒めて思考がクリアになってきたらしいね」

母はたしかに図書館に寄った。だが、結局三冊を借りたもののその場で返却した。これはどう関係するのだろう、と考えだしてすぐに気づいた。

「母が図書館で『竹取物語』、『枕草子』、『更級日記』の三冊を借りてすぐに返却棚に置いたの。今考えると、頭文字が〈た〉、〈ま〉、〈さ〉になってる……三つ併せて〈たまさ借る〉ってこと？」

「そういう遊びなんだろうね。君のお母さんは借りたものをすぐに返した。すでに自宅にある本だからということもあるだろうが、それだけではない。たぶん、借りることに意味があったんだ」

「借りることに意味が？」

「図書館の書架縮小に際しては、貸出率の低い本が処分対象となる。そのときに参照されるのが貸出利用者の詳記だ。こうした記録は、個人情報の観点から廃止している図書館が多いため、今回の都市計画で同時に詳記も廃止となるようだ。だから、すでに読んでいて必要のない本でも、君のお母さんにとってとりわけ大切な古典を三つ、急いで借りたんだよ。詳記に意味があるうちにね」

でたらめに見えた行為の意味が、うっすらと見え始める。

「もうこれで三つ解けた。残り二つだ。

HACHIWOSUTSU

これは、どうだろう？　今までの流れを見ていれば簡単なんじゃないか？」

「競馬場ね？」

「なぜそう思う？」

「八を捨つ。競馬場はリニューアルで一ゲート分少なくなって七ゲートになる。つまり、八ゲート目を捨てたことになる」

母はあの時、一ゲート目と、八ゲート目の馬に賭けてその馬券を捨てた。母もまた、八を捨てたのだ。

「さすがだね。では、ANATAHEGATASHI。これは残る一つの文化会館になるわけだけど、理由はわかる？」

「穴、耐えがたし。現在の文化会館の大ホールには欠陥があって、音漏れがしやすい。それが公害問題に発展した時期もある。つまり構造に〈穴〉があった。それが耐え難いからリニューアルするの。〈穴、耐えがたし〉よ」

黒猫は拍手をすると、湯気の立ったカップを片手に戻ってきた。

「酔った頭には、濃い珈琲が一番だ」

「……ありがとう」

暗号が解読されたことで、さまざまな思惑が闇の中から月明かりの下（もと）に晒されていく。けれど、どうにも納得できない部分がある。

「なぜ母は、暗号を解読していないのに、暗号を読んだかのような行動がとれたの？」

百歩譲って、母がこの葉書を手にしていたなら、今日の行動がその暗号をなぞっているというのもわかる。だが、彼女はこの葉書を知らないはずなのだ。

「一つ考えられるのは、これら、暗号によって導き出される都市計画に隠された言葉遊びは、君のお母さんと扇教授にとっては思い出深いものだったってことさ。二人とも所無近辺に住んでいた場合、所無でデートするのはありそうなことだ。その時には、このリニューアル対象の五つの施設はいずれもデートコースにもなり得る」

「公園でのんびりして、競馬で熱狂して、コンサートに行って、図書館で本を選んで、カフェで寛いで……本当、ただのデートコースみたいね。でも、じゃあ扇教授はわざわざ二人の思い出を暗号にしたってこと？」

「少なくとも、君のお母さんは今日、君によく似た女性と会った後では、すべてがはっきり見えていたのだろう」

愛する人の死期を意識して感傷的な遊びに耽った心情はわからなくはない。娘ゆえにうまく飲み込めない想いも、あるにはあるけれど。

考え込みながら珈琲を口にする。

「ところで、灰島さんが解いたという君のほうの暗号。最初は〈鍵〉の法則性が曖昧だったそうだが、いまの第一の〈鍵〉を解いた後では、第二の〈鍵〉のかたちがはっきりするんだよ。すなわち、第二の〈鍵〉であるＴＥＫＥＬＩＬＩのなかでも、第一の〈鍵〉と重複する文字の列は読まない、という法則だ。こうすれば、灰島さんが推測したようなやり方でなく、もっとすんなり真相に辿り着くことができる」

「でも、〈君は一人だけ〉っていう言葉の意味がわからない」

「言葉のとおりさ。君は、お母さんと扇教授との間に生まれた子だ。ほかにはどこにもいない。君だけなんだよ。二人の愛を証明できる存在はね。だから、〈君は一人だけ〉と言っている」

「今さらそんなことを言われても……」

「たしかに今さらだね。でも、もうこの後では遅かったんだよ」

「どういうこと？」

「彼は膵臓癌の末期だった」

死期という仄暗くも曖昧な言葉が、現実味をおびてくる。

「僕が出張先から電話したのも、今から見舞いに行かないかと誘いたかったからなんだ。ずっと離れて暮らしているし、君にとっては生まれた時から親はお母さんだけって気持ちなのはわかる。だが、君に何かを伝えたいと思っている人間が地上から消えようとしている時に、それを見過ごすわけにはいかなかった」

「扇教授は——」

自分はこの呼び方に固執する。これ以外の呼び方がふさわしいと思ったこともない。

「扇教授が私に伝えたいことがあると、どうして黒猫は思ったの？」

「都市計画だ。なぜゴシック〈のようなもの〉に見えるいびつな様式を採用したのか、なぜ白なのか——。これまでの扇教授の作品履歴を見ていると、どちらかと言えばモダニズム志向のほうだった。それが、今回の建築様式は異例ともいうべきグロテスクな様式を採用している。となると、これは誰かに向けた明確なメッセージだ。所無と扇教授を結びつけているのは、故郷という意味のほかには、君たち親子しかいない。だから、ゴシック建築への拘りは、ポオを研究する君を意識してのことに違いないと考えた。そして、折も折、君からSNSでドッペルゲンガーについて聞かれた。それでピンときたんだ」

「……なぜ、ドッペルゲンガーでピンとくるの？」

「つまり、君の周りに、君によく似た人間が登場したんだろうと考えた。君に似て見えるのは、メイクのせいや、背格好の問題もあるだろうけど、いちばんはやはり君自身と血縁関係のある人間が接近している可能性だろうと見当をつけた。そうなると、扇宏一教授に娘さんがいるのかどうかが気になってきた」

「扇教授には娘さんが？」

もっともシンプルな可能性。その可能性に目を瞑っていたのは、無意識のうちに扇教授の存在に蓋をしようとしていたからか。

「いる。君より二つ年下で、原宿でネイルサロンをやっている。名前は扇満白」

自分の脳の混乱がドッペルゲンガーを見せているとか、母が自分を騙しているとか、ある団体がそっくりな人間を見つけだしたと考えるよりは、遙かに現実的な解答だった。

「僕は滋賀にあるT大学校友会の関係者から、扇教授に娘さんがいることと、その年齢と名前を聞き出した。SNSを検索したら、彼女のアカウントが見つかった。その顔は、たしかに君と雰囲気が似てはいた。そこで、僕は彼女が君の周囲をうろついている理由に思いを馳せた。どう考えても、彼女が君に接触しようとする理由は、扇教授にまつわることだとしか思えない。きっと扇教授の名がプロジェクトから消えたこととも関連している、と推測した。それで、T大学に研究のことで扇教授に聞きたいことがあると連絡を入れたところ、入院中だとわかった。プロジェクトから名前が削られたのは、後任者にプロジェクトを譲り、その人物の初仕事として実績を残せるようにしてあげるためだろう。だが、勘のいい君の母親はそれでもなお、このプロジェクトが彼のものだと気づいていた」

「どうして？　娘さんが教えたのかも。実際、二人は今日、直接会っているわけだし」

「その時にそれほどの時間があったとは思えない。たとえ都市開発のことは伝えられても、そこに込められた意図を一つずつ読み解くほどの時間はなかったはずだ。たぶん、満白さんが教えたのは、扇教授の入院先と死期が近いことだけだっただろう」

あの時、駅で渡した紙には病院名と部屋番号が記されていたのか。

黒猫は目を閉じた。

「満白さんは、できれば君のお母さんに扇教授に会ってほしい、と思っていただろう。扇教授の奥方は、三年前から脳梗塞で寝たきりだった。意識不明の妻の介護に疲れるうちに扇教授自身も病魔に侵されていった。そういうなかで、過去に結婚を諦めた女性がいることを知った満白さんは、一目でもその女性を父親に会わせてあげたい、と思ったのかも知れないね。前日に君のお祖母さんを訪れたのも、君のお母さんが扇教授に会うべきか相談に来たときに止めないでほしい、と考えたからだろう。もしも扇教授が過去の結婚を君のお祖母さんに反対されたと思っていて、娘にもそう伝えていたとしたら、当然の配慮だったんじゃないかな」

黒猫の言葉が、頭の中に入って、見えないナイフでどこかしらを刺していく。そのたびに思考が乱れる。友達の玩具を壊してしまって戸惑った子どもの頃みたいに落ち着かない。

「どうして満白さんは私を突き飛ばしたの？」

なぜ自分が叩かれねばならなかったのか。母が来なかったから？

それとも——。

「彼女は今日、いったん改札を通った後、君の母親を尾けたんだと思う。それで、同じく尾行している君と灰島さんの存在に気づいた。君の母親の態度から、満白さんは君のお母さんが君たちの監視を察知して、わざと意味不明な行動をとっていると思ったんだろう」

「私たちのせいで……？」

「そう。実際、君たちがいたのでは、お母さんも扇教授の見舞いに行くわけにはいくまい。それで、身動きがとれず、とうとう来られなかったのだ、と。その後、彼女は何を思ったものか、今度は君たち二人を尾行した。そしてついさっき、そう、君が突き飛ばされる直前に、ある出来事があった」

黒猫はスマホの画面を見せた。そこには、ネットニュースが配信されていた。ゴシック体の太い見出しが目に飛び込んでくる。

〈建築美学界の巨匠、扇宏一教授、逝く〉

めまい。次いで吐き気に襲われた。

吐いてしまいたいのは、胃袋の中のものではなく、未熟な自分自身だった。自分のくだらない好奇心とひとりよがりの迷走のために、母が最愛の人の死に目にあうことができなかった。

「亡くなったのは、午後十時。恐らく、満白さんは店を出たところで君にお願いをするつもりだったんじゃないだろうか。お母さんを一日だけ、自由にさせてやってくれ、と。ところがそのお願いをする前に、扇教授の死亡を告げる電話が病院から入った。それで、取り乱した彼女は、君に対してあんなことをしてしまったんだと思う」

あの時の満白さんの顔を思い出す。

自分によく似た女。

その目は怒りに満ちて見えた。

よく思い出そう。

その瞳は微かに潤んでいたのではなかったか。そうだ、たしか、充血していた……。

彼女の置かれた状況を知っていたからこそ、そこに現れた黒猫はあんなことを言ったのだ。

——もうお帰り。誰もこんなことは望んでいない。

「私……なんてことをしてしまったのかしら……」

そもそもが勘違いの連続だった。最初にプラム通りで満白さんを見たときから、すべての勘違いが始まっていたのだ。

きっと、満白さんは、自分の父親がかつて愛していた人を確かめたくて覗き見ていただけなのだろう。そうしたら、運悪くその娘に遭遇してしまった。

そして、父親から預かったであろう葉書は、母ではなく自分が受け取り、母に渡らなかった。挙句に、彼女と母の様子を怪しみ、さらには母を一日中尾けまわして、扇教授に会う機会を奪ったのだ。

なんてことをしてしまったんだろう。

「自分を責める気持ちはわかる」

黒猫がとなりにやってきて、肩を静かにさする。不甲斐ない自分の何もかもを吸収するような、温かな手だった。まだあなたを信用していないわなどと言ってそれを拒絶する気力は、もはやなかった。ただ、いま自分の身体を支えてくれる存在がいてくれること、それが黒猫であることがありがたかった。

「だが、いかなる理由であれ、病院へ行かないという道を選んだのは、君のお母さん自身だ。彼女は大人の女性であり、君の言動なんかで行けなくなるような人じゃないはずだ」

黒猫の言葉はこちらの自己嫌悪を溶かそうとする。けれど、仕方なかったことだなんて自分を慰めていいのか、と問い質すもう一人の自分もいる。

いつだって、もう一人の自分は、自分の中にいるのだ。そして、どちらかの自分の声を選ぶ、またべつの自分もいる。母の三面鏡で遊んでいた頃と同じ。無限の自分がいる。都合のいい自分、疑い深い自分、甘えたい自分、罪の意識に苦しむ自分。

さあ、どれを選び取るの？

答えのない葛藤にもがき苦しむあいだもずっと、黒猫の手はいつまでも楽器でも奏でるように、髪を優しく撫でてくれていたのだった。

黒猫のいない夜のディストピアX　白の解体

1

最終電車がまだ残っている、と言われて少し考えた。

「泊まっていっても構わないよ。いくつか話さなくてはならないこともあるし」

「話さなくてはならないこと？」

「君と僕が、この何カ月かやり過ごしてきた問題について」

「ああ、うん……」

「でも、それよりも、今夜はお母さんと話したほうがいいんじゃないかな」

「……だよね」

黒猫の言うことはもっともだった。いま、深い悲しみの底にいるのは母だった。彼女のために家に帰らなくては。

「タクシーを呼ぼう。もう夜も深まった。こんな時間に君を電車で帰すわけにはいかない。それに、僕も行かなきゃならないところがあるんだ」

「こんな時間に？」

「大切な仕事が残っているんだよ」

何だろう？　黒猫の言う大切な仕事って。

不審に思いつつ、まだ微かに残るめまいと頬の痛みを薄めるべくスープを飲んだ。

タクシーは五分後にマンションの下にやってきた。黒猫はこちらを先に入れてから乗り込み、こちらの住所を運転手に告げた。それから、語り始めた。

「『ナンタケット島出身のアーサー・ゴードン・ピムの物語』について少し話そうか。あの小説に登場するテケリ・リとは何なのか」

黒猫から『ピム』の解体を聞くことには非常に興味をそそられた。

「でもその前に、一つだけ教えて。昨日電話に出た女性は誰？」

喉に刺さった棘の正体は知っておきたい。

「……それが君にとってはとても重要な質問なんだね？」

「ええ。だと思う」

「わかった。K大学の三上彩名（みかみあやな）助教だ。ホテルの部屋で飲んでいた」

異性とホテルの一室にいたなんて衝撃的な事実を、眉一つ動かさずに白状したことに驚いた。顔が引きつらないように気をつけた。

「滋賀に行く前日に黒猫の部屋にあったピンクの歯ブラシは？」

「あれも彼女のものだ。部屋に来て出張の段取りを話した時に置いていったんだ」

「しょ、正直ね。でも黒猫、物事には限度ってものがあると思わない？」

「僕も君も限度を知っている人間だと思うが？」

「……そうだけど」

煙に巻かれそうになる。院の女友達がいつだったか言っていたことを思い出す。「男は言い逃れするためならどんな詭弁でも弄するわよ」。なるほど、いま自分はまさに詭弁を弄されて逃げられようとしているのかも知れなかった。

けれど――黒猫のまっすぐな視線が、それ以上の追及は無用だと強く主張しているのも確かだった。

「それじゃあ、解体を始めよう。でもテケリ・リの正体を明かす前に、まず主人公ピムについて考えたい。ピムの頭文字は、Ｐだね。そこに意味があるのかどうか。Ｐの頭文字といえば、君は真っ先に誰が浮かぶ？」

当たり前のように、一人の名前しか浮かんでこなかった。

「ポオ？」

「そうだね。〈アーサー・ゴードン・ピム〉、〈エドガー・アラン・ポオ〉。この二つの名前は、口に出したときの語感としては長さがほぼ同じに感じられる名。音節としては、いずれも2・2・1の比率。無論、それだけを根拠に、ピムをポオの分身だと考えるわけにはいかない。だが、このピムが捕鯨船に身を隠して乗り込んだというのは、ある意味象徴的でもある」

「捕鯨船というのは、ナンタケット島出身だから自然な設定だと思うけど？　ナンタケット島は当時は捕鯨で有名な土地だから」

「もちろんそうだけど、ポオがアメリカの中からあえてその土地を選んだ理由があるはずだよ。のちにメルヴィルが『白鯨』を書いた時、ポオにとってポオの『アーサー・ゴードン・ピム』が念頭にあったというのは有名な話だが、ポオにとって〈鯨〉は〈両面性をもった得体の知れない制御不能の何か＝グロテスク〉のメタファーだろう。そして、その〈知〉を捕まえるのが、〈捕鯨船〉だ。あれは、十九世紀の知の航海に密航している己の精神の一代記でもある」

「〈鯨〉が〈グロテスク〉のメタファーであるという根拠は？」

「むろん、一義的にそうだと決めつけることはできない。意味を限定するようなテクストは、長い年月をかけて読み継がれることはない。その意味で、ポオのテクストは多層的で多義的だ。でも、〈鯨〉が〈グロテスク〉のメタファーだと捉えた場合、さまざまな解釈がうまくいくことをこれから証明していこう」

「その前に家に着いちゃうかも」

「なら明日の晩があるさ」

「明日の夜会う約束なんてしましたっけね」

少しだけ意地悪を言いたくなったのは、単なる甘えだ。もっと素直な甘え方はないの、と自問したくなる。

「会いたきゃ会えばいい」

「……なんかその発言ずるい」

「僕は会いたいよ。話が途中ならなおのことね」

「……いいわ。じゃあ、話して」

黒猫がふたたび話し始めるころには、この三日間の黒猫への疑惑の心は消えていた。

――僕も君も限度を知っている人間だと思うが？

あの言葉をまるごと信じてみよう。

もっと自分の心に素直に。

2

「鯨とは何かということを考えてみよう」

「地球上最大の哺乳類」

「ほかには？」

「背が黒く、腹が白い、白黒の混在した存在……？」

「いいところ突いてる。ではそのような鯨という現象を、さらに掘り下げて考察してくれ」

「巨大で、ある時は穏やかだけれど、暴れ出したら手がつけられない存在。多くの恵みを与え、同時に奪いもする。すなわち、〈グロテスク〉……ってこと？」

〈鯨＝両面性をもった得体の知れない制御不能の何か〉という意味が、ようやくわかってくる。

「人間ほど鯨的なものを内に秘めた生き物もいない。だから〈鯨＝人間〉だ。十九世紀という科学の目覚めの世紀は、いわば知の航海の世紀。はじめは手探りに黒い海を進む。

〈海〉は死のメタファーだ。ガストン・バシュラールは、ポオのテクストに現れる〈重たい水〉に言及して、ピムの冒険のテクストを、実際には無意識の冒険のそれだと言っている。これには僕も半分だけ賛同する。ポオは宗教が廃れて、科学や、新たな社会の規範が次々と誕生する世紀にあって、ゴシック小説と呼ばれるジャンルの書き手でもあった。しかし、その黒々とした大海原で、それらを啓蒙するようなかたちで白が勝利を宣言する」

「白が、勝利を……？」

「それは、具体的には船での壮絶な生き残りの戦いのなかで生まれる正当性によって得られる。船の上での、生存のための行為はあまねく正当化された。〈白〉い行為だったわけだ」

「あの凄惨（せいさん）な殺し合いが……〈白〉？」

そう言われてはたと気がつく。黒い海を渡るさなか、捕鯨船は暴風雨に襲われ、海は白いしぶきを上げる。あの時から、〈白〉の勝利が始まっていたということなのか。

「このあたりは、君の研究にもうまくリンクすることができるだろう。〈白〉が表しているのは、ポオの時代にすでにその萌芽（ほうが）があったモダニズムだ。科学と啓蒙とを味方につけ、正当なる芸術としての道を歩み出すモダニズムの到来を、この時点でポオは冷静に見ていた」

「アメリカの白人優位社会との関連性を指摘する研究者もいるわ」

「そうだね。もちろん、そうしたこともあった。結果としては同じことなのだろう。人種の面では、白人優位の社会が形成される。それと足並みを揃えるように、科学と啓蒙の理にかなったモダニズムが跋扈する。そこは連鎖している。その先はどうなったか。南極に着いた彼らを待っていたのは、白を恐れる民族だ。そこでは、鳥たちが〈テケリ・リ〉と呼んで恐れる白い怪物がいる。怪物が現れるところで物語は幕をとじるが、正体が謎のまま終わるのは、自明のことだからでもある。その正体が何なのか、君ならわかるだろう？」

〈鯨＝グロテスク＝人間〉。そして、捕鯨船の中で、〈白〉が勝利した。狂気は〈白〉のもとに正当化されたのだ。その生き残りのメンバーに、ピムが含まれている。すなわち、白い狂気の中に……。

もう答えは明白だった。

「ドッペルゲンガー……未来のアーサー・ゴードン・ピムね」

「そういうことだ。あらゆることが啓蒙の名のもとに許容されるモダニズムの先にあるものを、ポオはこの段階で見抜いていたのかも知れない。『ウィリアム・ウィルソン』のタイトルに〈will＝未来〉という単語が隠されているように、Pim には Poe が二重写しされている。〈アイム・ポオ〉ということかも知れない。ここでは、ポオが当時ゴシック小説を書きながら同時に〈モダン〉の中からグロテスクが排除される予感のようなものを抱いていたことが読み取れる」

「それはつまり、ハル・フォスターの〈反美学〉で示されたようなモダニズムへ傾倒する美学への警鐘を、百年以上も先んじてポオが鳴らしていたということ？」

図らずも、自分が想定していたとおり、ポオは〈反美学〉の種をすでに蒔いていたことになる。これはたしかに、自分の論文と繫がりそうだった。

「まあ、そういうことだ。だから、その点で君の着眼点は非常によかったと思う。もう少し詳細を見ていくならば、たとえば、ピムたちはさまざまなクリーチャーに出会う。ポオはクリーチャーを創り出すのが好きな作家で、かなり確信的にクリーチャーを登場させる。かつてアンソロジーのタイトルに『グロテスクとアラベスクの物語』とつけたように、ポオの物語は典雅であるだけでは成立しない。グロテスクは非常に重要な要素なんだ。単に美の対極にある醜悪なものを、面白半分に怪奇趣味で出しているわけではない」

「クリーチャーにも重要な意味があると黒猫は考えるの？」

「そうだよ。そもそもグロテスクとは、植物や動物、怪物などが幻想的に融合した古代の装飾の形式を指すものだ。十八世紀末にグロテスクは美的範疇となって、ゴシック・ロマンの隆盛へと繫がっていった。だが、そもそも、その美的範疇に入れられる際に、グロテスクの定義が複雑さやいびつさといった部分に偏っていったこと自体にポオが疑義を呈していたのだとしたら？」

それを言われた瞬間、しまった、と思った。それは自分が切り込んでいかなければならない問題だったからだ。

「そうね。ハル・フォスターの〈反美学〉が曖昧な状態で終わっているように感じるのは、たぶんこうした具体的な概念の脱構築がされていないからよね。グロテスクの概念自体の変更が必要で、たぶんポオはそれをやろうとしていたんでしょう」

「相反する要素を合体させたクリーチャーは、想像上のモンスターといえばそれまでなんだが、少なくとも小説内世界では実在しているんだ。つまり、相反するものの共存は虚構の領域においてリアルであり、自然美の領域にある」

「そうなんだよね……従来の〈グロテスク〉と我々が感じるものの多くは、この世にありそうでなくて、見た瞬間にいびつな感触のするもの。でも、たぶんポオが言いたいのは、語源以上に〈自然美〉の領域にあるものとしての〈グロテスク〉なんでしょうね」

「もっと言えば、科学さえもポオにとっては自然の領域だったんじゃないかな。それはアッシャー家の描写などでもわかることだ。ポオが無機物と有機物の差をなくしたような描写をするのは、科学の産物もそれが死の匂いを帯びれば自然の領域に移行する、と言いたいからだ。〈グロテスク〉を捨て去って、真っ白なモダニズムで突き進んでいけば、必ず狂気が待ち構えている。〈テケリ・リ〉の登場が予見しているのは、〈グロテスク〉と手を切った後のモダニズムのゆくゆくの姿だ」

「現在のモダニズムで溢れかえる都市の姿のようなものね」

「そのとおり。あのテクストは、黒い海の始まりから白い霧のラストへと、色彩を自在に変化させて終わる。まるで、鯨の背中から、裏返って白い腹で終わる時のように」

「鯨が、海に腹を見せて浮かび上がるのは、鯨が死ぬ時ね。正当化される狂気が蔓延すれば、人間は絶滅する。同様に、モダニズムが蔓延すれば、芸術は死ぬ——」

　夜のタクシーの中が、暗い海に変わる。

　息の切れた鯨が、裏返って浮かび上がる。

「じつは、『アーサー・ゴードン・ピム』と『竹取物語』には構造上の類似がある気がしている」

「『竹取物語』と『ピム』に？」

　母の研究対象と自分の研究対象が似ていたというのだろうか？

「まずタイトル。『竹取』とは、かぐや姫が発見された場所であり、物語のスタート地点を指しているのに対し、『ピム』も『ナンタケット島出身の』と明記している。両者の出自がタイトルについているんだ。さらに、かぐや姫は五人の公達に求婚され、それぞれをどうにか切り抜ける。対するピムは密航し、想像を超えた災厄に出会ったものの、どうにか切り抜けている。

かぐや姫には、終盤、月からの使者が現れるが、ピムのほうには未知の生物〈テケリ・リ〉が現れた。また、『竹取物語』は、当時の世相をうまく絡めた物語だが、時の権力者がかぐや姫に近づくほど愚かさを露呈させる。ピムのほうは物語が進むほどに狂気が露呈していく。かぐや姫を地上に留められなかったのも人間の愚かさゆえという意味では月への帰還は、愚かさの極まった瞬間ともいえる。狂気の極まった瞬間に〈テケリ・リ〉が現れるピムと構造がそっくりだ。それに──白のイメージも」

「白のイメージ？　かぐや姫にも白のイメージがあるの？」

「もちろん。かぐや姫が公達に要求する存在しない代物の大半が白のイメージなんだ。蓬萊の玉の枝の真珠の実、龍の首の玉、燕の産んだ子安貝、それに火鼠の皮衣……これも火の外にある時には白いと書かれている。そして、最後にかぐや姫が帰る月も、いわば白」

時代も国も言葉さえも異なる二つのテクストが、奇妙なまでに呼応し合う現場を目の当たりにして、思わずため息が出た。

「また、両作は国家や世界における〈内なる他者〉を発見した書でもあった」

「内なる……他者?」

『竹取物語』における権力への揶揄は〈物語〉のかたちを借りることで許容されている。それは、〈国家〉という巨大なテクストに〈内なる他者〉を持ち込むことでもある。監視し、批判的な目をもった装置として嘘の話を真実として物語る、虚構の他者が生まれた」

「狂気のテクストによって内なる狂気を告発する語り手を創り出した『ピム』と同じね」

「そういうことだ。ポオは『竹取物語』のことは知らなかっただろう。だが、『ナンタケット島出身のアーサー・ゴードン・ピムの物語』は結果として、同様にクリティシズムに満ちた〈物語〉となっている」

「つまり、モダニズムへと突き進む世界が、〈テケリ・リ〉の狂気と重なっている。ポオはそこへの批判精神を込めた……ってこと?」

「そのように解釈することも可能だ、というだけの話だけどね」

頭のなかに、ピムが彷徨う南極の果てに待つ白い狂気と、月へと昇ってゆくかぐや姫の姿が重なっていく。

「扇教授の所無都市開発は、電線の多用化やネオンの集合など醜に分類されかねない要素を強調している。ほかにも、ゴシック〈のようなもの〉に見えるいびつな様式に則っていた。それは、美を再定義する試みがあったはずだ。この国は、ややもすると自分たちを単一民族国家だと誤解しやすい。そして、自らのルーツを求めて、もはやその必要もない江戸建築の模倣を繰り返すような建物もある。

無機質な機能美に終始するモダニズムも、先祖返りのジャポニズムも、同じくらいに美への意識が麻痺している証拠だ。それよりも、自然と科学を二分せずに風景としてあるべくしてあるものを〈自然美〉にカテゴライズして、美学を一から脱構築したほうが、都市に活路が見出される。〈所無ユートピア十カ年計画〉が成功か否かは、ここに暮らす人々が、これからどんな生き方をするかにかかっている」

所無の街並みが見えてくる。穏やかな住宅街。しかし駅前の繁華街のネオンは、ちょっとした地方都市の駅前くらいの賑わいを持ち始めている。この都市はまだまだ進化するのだろう。

「この街に、細い形状のアーチを持った建物が現れる。針のようなアーチは、わずかに弧を描き、途中に枝のように分岐したりもしている。計画者は、この都市に〈竹藪〉を仕掛けたわけだ」

ポオのテクストと母の研究対象である『竹取物語』がクロスし、現代の都市計画に仕組まれたからくりが現れる。

「あの暗号には、母へのメッセージはないの？」

母には、五つのリニューアルポイントが記されただけだった。それがたとえ、二人にとって思い出の場所だったとしても、それだけでは何のメッセージにもならない。

すると、黒猫は例の葉書をこちらに出すように促した。

「種明かしをしよう。最初の〈鍵〉の文字列で、法則であるかのように頻出するA。これが完全には法則化しきれていないところに注目してみよう。法則化は不完全ながら、三文字を一組にしてみると、九組中七組にAが含まれる。だからこう考えた。この法則は、何か最初に登場するAをカムフラージュする発想から生まれたに違いない、と。それと、三文字で組、というのは第三の〈鍵〉かも知れないと考えた。ためしに、二つ目のAを一文字目とする縦の列を読んでみた。すると、〈ANATAN〉と読めた。

そこから三文字先のIの列を読んでみると〈IAETEY〉、さらにまた三文字先をみると〈OKATTA〉となる。

ちなみにこれらの〈鍵文字〉は、第一の鍵〈TAKETOLIMONOGATALI〉にも、第二の鍵〈TEKELILI〉にも使われていない文字だった。だから第三の鍵は〈第一、第二の鍵で用いなかった文字を左から見て三つ使う。もし第一、第二が解けていない場合は、三文字飛びにのみ着目せよ〉ということだったんだろう」

それを続けて読めばどんなメッセージが現れるかは、すぐにわかった。

あなたにあえてよかった。

とてもシンプルで、これ以上ないメッセージだ。

これからこの世を去ろうとする人間が、愛する者に遺すメッセージとしては、最高の言葉だ。

このメッセージをまだ母は知らないのだ。

届けなければ。

もはや何もかも遅すぎたけれど。

ごめんなさい、お母さん、それと――。

頬を、知らぬ間に涙が伝っていた。

そっと自分の手を握る黒猫の手だけが、この世界がまだ壊れていないことを教えてくれた。

3

自宅に帰ると、台所の前だけ電気がついていた。

母はもう眠っているのだろうか、と思っていると、台所に母が立っていた。

「おかえりなさい」

また、顔を背けている。二日前もそうだった。

もしかして――あのとき、すでに母は扇教授の死期を悟っていたのだろうか。

考えてみれば、扇教授から、母に手紙や電話があってもおかしくはない。彼の娘が伝えにくるよりも先に、母がその事実を知っていたということは十分に考えられることだ。

「お母さん、私、何も知らなくて……」

言いかけた瞬間に再び涙が溢れ出した。

それを見て、母のほうが戸惑っているようだった。理由を説明しようにも、一度溢れた涙はもうどうすることもできなかった。

ごめんなさい、と何度も繰り返しながら言うこちらを、母は抱き締めた。

「あなたが尾けていたのは気づいていたわ。でもどうして謝るの？」

「だって……」

扇教授という言葉がどうしても喉に引っかかって出てこない。これまで、一度だって母からその名前を聞いたことはないのだ。母はいまだにこちらは何も知らないと思っているはずだ。

「お父さんが亡くなったんでしょ？」

初めて――そう呼ぶことができた。

母の前だから、ほかに呼びようがないから、かろうじて、自分はそう呼ぶことができたのだ。そして、そう呼んだ瞬間から、不思議と温かい感情がどっと内側から押し寄せてくる気がした。ほとんど何も知らないはずの人に、奇妙な愛情がほとばしり始めて、余計に涙が止まらなくなった。

「いつ知ったの？」

「さっき」

そう、それは簡単には語ることのできない出来事だった。

「誰なのかも知っているのね？」

小さく頷いた。

「会ったことがあるの？」

「……一回だけ」

母はなぜか顔を綻ばせた。涙が頬を伝った。笑いながら、母は泣いていた。

「よかった。あの人は成長したあなたを見たことがあったのね。本当に、よかった……」

母はもう一度強くこちらを抱きしめた。子どもの時に返ったみたいだった。一人で勝手に家を飛び出して街を散歩して家に戻ると、母は今みたいに、しっかりと抱き締めてくれた。

「ごめんなさい。私が尾けていたせいで、お見舞いにもいけなくなって……」

「それは違うわ」

母はこちらの髪を撫でながら、寝物語でも聞かせるように言う。

「あなたとは関係ない。自分の決断よ。彼のもう一人の娘さんは、どうしても私を彼に会わせたかったみたいね。彼がそれを望んでいたらしいわ」

自分が逆の立場でもやはり、会わせようと奔走したかも知れない。ドッペルゲンガーなどと恐れ、突き飛ばされた相手ではあるが、いま初めて気持ちがわかった。

「お母さんはそれを望まなかったの？　なぜ？」

「なぜって、私たちの関係はあの頃で完結している。だからもう会う必要はなかったの。

会おうと思えば、私はいつでも心のなかにあの日を持っているんだから」

微笑んだ母は、月に戻らぬかぐや姫だった。

「今日は、あの人とよく歩いたコースをなぞっていたの。そうすることで、私の中に少しずつあの頃がよみがえっていった。あの人と一緒に歩いた時間が、そのこまごました部分が、くっきりと感じられたの。今日、私たちはずっと一緒にいたのよ。こんなことは二十数年、なかったことなのに、不思議ね」

母はなぜか満ち足りた表情をしていた。それから、「お腹すかない？」と元気よく言った。「お茶漬け、しようよ。久しぶりに」

「そだね……」

鼻をぐずんと啜りながら、母から離れた。暗号のメッセージを伝える必要はないのだ、と思った。そんなことをしなくても、母は彼の気持ちをわかっているのだから。

二人で照れ笑いを浮かべてから、一人は炊飯器に、もう一人は茶碗を出すべく食器棚に向かった。お茶漬けの袋、どこにしまったっけ。そんな会話を交わしながら、少しずつ痛みを夜に溶かそうとしているのだ。

こちらが緑色の粉末を熱々の白米に振りかける頃、母はアルバムを持ってきて、こちらの赤ん坊の頃を懐かしみ始めた。母と娘のクロニクルを繙くことは、きっと彼女にとって、扇教授との日々をなぞることであるに違いない。

お茶漬けができると、アルバムをテーブルに広げたまま、互いにしばし無言でそれぞれの茶碗と向き合った。さらさらと胃袋に流し込まれる温かなそれは、深い悲しみにあっても、明日があることを告げている。

食べ終えて、ひとしきり、くだらない思い出話をいくつかしてから、どちらともなく「おやすみ」を言った。もっと何か聞いたり、話したりしたい気がした。けれど、本当に知りたいことは、きっと自分が入り込める領域にはないだろう。

自室に戻りかけたとき、母がぽつりと言った。

「あなたがどう思っているかわからないけど、私はね、あの人に感謝してるのよ。あなたを授けてくれたんだもの。それでじゅうぶん。そのうち彼のもう一人の娘さんにも、気持ちを伝える手紙を書くつもり。いろいろ心配かけたわね」

母が広げたアルバムのほかに、自分のアルバムはまだあと五冊もある。すべて、母が撮り続けてきた写真だ。

それだけの輝ける時間が、自分たち親子にはあった。

その出発点にいた男性が、今夜静かに旅立った。

「……うん」

「おやすみ」

「おやすみ」

それを合図に、二人同時に、自室に引き揚げた。

けれど、知っている。

その夜、母が一晩中泣き続けていたことを。

幕間　分身

あなたは、ゆりかごの中ですやすや眠っている。

きっと今日は出歩いて疲れたのね。

ねえ、私の分身さん、今日会ったのが、あなたのお父さんなの。たぶん、もう二度と会うこともないでしょう。

正直に言えば、あなたのお父さんだし、一緒に暮らせたらって、少し迷ったのも確かよ。それがあなたにとっても幸せかもって。

でも、それこそかぐや姫と同じ気持ち。「たまさかる」。この言葉には、「魂が下がる」という意味が掛けられている。私も、自分の魂に悪いことはしたくないのよ。あなたなら、きっとわかってくれる。私はそう信じているわ。

私にはあなたがいる。あなたにも、私がいる。私は何人分もあなたを愛して守りぬく。明日も明後日も。

これからも、いろんなところをお散歩しましょうね。
この街にもまだまだ素敵な場所があるのよ。公園や図書館、それから……ああとにかく、
私のもとに生まれてくれてありがとう。

流れが変わる時は、一瞬で変わる。たまっていたシンクの水が、排水口の水垢を取り除いただけで勢いよく流れだすように。けれど、停滞に慣れていた身は、それこそ、メエルシュトレエムにでも飲み込まれたみたいで動転してしまう。

その話を唐草教授にされた時、あまりの事態にこちらの目はぼんやりと唐草教授の口髭に向いてしまった。よく手入れされた口髭は、今日も時計の針のようにピンと尖っている。

「えっと、いま、何と……」

聞こえなかったわけではない。耳が認識した情報を受け止め切れずにいるのだ。唐草教授はふふっと口元を綻ばせながら、さっきよりゆっくりと繰り返した。

「K大学が君を講師として招きたいと言っているんだ」

唐草教授にそう切り出されたのは、黒猫の帰還から一週間後のことだった。

「講師って……わ、私をですか？」

「何でも、専任教授が脳梗塞で倒れたらしく、急遽人員を補塡（ほてん）したい、と。それで、代理として抜擢された教授がどうしても、担当するうちの一コマに出ることができず、講義内容上、K大学内の人間には頼めないから君にお願いしたいと言っているそうだ。内容についてはその教授と話し合ってもらうことになると思うが……どうかね。大きなチャンスではある。こんな話が若手にくること自体が非常に稀なことだからね」

「でも、私は何を講義すれば……」

「ゴシック芸術とゴシック・ロマンについて」

「なるほど……」

ゴシック小説は、ポオ研究をしている以上自分の分野でもある。その〈ゴシック〉が十二世紀に生まれたゴシック芸術とどう違い、どこが同じであるのかは、じゅうぶん学生に講義する価値のある内容に思われた。それを自分がやるのか。

「すぐに行きたまえ。研究室の名札はまだ前任者の前田（まえだ）教授のままになっているが、そこに行けば新たな教授に挨拶できる。君はうちの大学の博士研究員を続けながら週一回K大学に行く。悪い話ではなかろう？」

「……そうですね……私にできるかわかりませんが、とてもありがたい話です」

「できるかわからないなんて言わないほうがいい。君は必ずやる。悩みごとは、始めてから徐々に解決していけばいい」

　唐草教授はそう言ってにっこり微笑んだ。

「私もできるかぎり手助けをしよう」

「はい、ありがとうございます！」

「急ぎたまえ。表にタクシーを呼んである」

「え？」

　こちらは挨拶もそこそこに研究室の外へ向かい、タクシーに乗り込んだ。まさにジェットストリームだ。心臓がまだ高鳴っている。

　やっと一つの問題が片づいてこれから研究に没頭しようかという時に、今度は思ってもないチャンスが降ってくる。

　なんでこうも自分の人生は落ち着きがないのだろう？

　行先を告げて、タクシーがK大学へと着くまでの時間は二十分程度だった。これなら、講義を終えてからタクシーで戻れば、博士研究員としての職務にもさして影響は出ないだろうなんてことを、早くも実務的に考えている自分が少しおかしかった。

　やがて、タクシーがK大学の前で停まった。お代はすでにいただいている、というので恐縮しつつ降りた。

K大学へは学会で何度か訪れたことがある。我が大学のおんぼろ校舎とは違って、非常に人工的で洗練された校舎だ。

研究棟の三階にある前田教授の研究室を訪ね、二回ノックをした。

「入りたまえ」

その声を聞いた瞬間、まてよ、と思った。

ドアを開けて、いやな予感が的中したことがわかった。

「また会えたな。ドッペルゲンガーは消えたか？」

そこにいたのは、灰島だった。

「どうやって教授になられたんですか……」

「私の論文はもともと高く評価されている。母校での評判は散々だが、よそでは論文が名刺代わりだ。この数年間、私と近い研究テーマを扱っている教授が病気で倒れるようなことはないかと、何人かの教授をリストアップしてその健康状態を独自に調査していた。K大学の前田氏には一年前に会ったが、酒を飲む前から妙に血管が浮き出ているのが気になっていた。そこで、K大学の事務局に定期的に接触を試み、学部長の好みそうな嗜好品を定期的に贈り、酒を酌み交わすチャンスも手にした。極め付きは、前田先生自身だ。彼と定期的に酒を飲んだ。健康状態の悪化にはそれも多少あったかも知れないな」

「わざと健康を損ねさせたんですか……」

なんと非人道的なやり口だろうか。一時的にではあれ、こんな男に心を許して行動を共にしたのかと思うと、見る目のなさにうんざりしてしまう。

「私がしたのは、前田教授の愛好する酒の種類を知り抜き、彼がいくらでも飲みたくなる店に案内したことだけだ。そして、彼が倒れたら、即座に事務局に連絡をとり、自分なら代わりができるとアピールした。何しろ、この大学内にも、前田教授の後釜を狙う輩はたっぷりいたからね。いかに迅速に自分が適任かアピールすることは非常に重要だったよ。結果、この職が手に入った」

「……おめでとうございます」

どこかムッとした言い方になったのは仕方のないことだろう。心から喜べる話でもない。

「もっと喜べ。君にもチャンスのお裾分けをやった。これからは週一で、私が君の師となる」

「冗談じゃ……」

何か裏があるとは思っていたが、こういうことであったか。喜んでタクシーに乗り込んでこんなところまでやってきた自分にも腹が立ってくる。

踵を返した。好機なら何でも摑めばいいというものではない。だが、背後から鋭く灰島の言葉が飛んできた。

「断る気か？　賭けは私の勝ちだろう？」

「全面的にじゃないですよ。部分的にしか合ってませんでした」

「だが、メッセージについては当たっていたはずだ。先日、君の恋人にも確認済みだ」

「黒猫に会ったんですか……？」

「我々は同じ駅を使う住民だということを忘れたのか？」

迂闊だった。この男が真相究明のためならばあらゆる手段を行使するタイプであることを忘れていた。

「はっきり言っておくが、私の推理の一部が見当違いだったのは、私の見ている角度からはあれが限界だったというだけだ。君の恋人とは事件を見る入口が違った。それだけのことだ」

「……飽くまで賭けに勝ったと主張したいんですね？」

「事実だからな。君が研究対象に愛されているなら、すべてのチャンスを味方につけろ。それくらいの覚悟がない者は、学問の世界から去ったほうがいい。それとも、自信がないのか？」

わざと相手を挑発するような言い方をしているとわかってはいた。灰島の口車に乗ることはない。けれど、一方で浮かんできたのは、唐草教授や黒猫の顔だった。

彼らなら何と言うだろう？

いかなる才能も、チャンスがなければ埋もれてしまうのがこの世界だ。そのことを、この世界にいれば誰でも知っている。それを、上司が灰島になるからという理由で断るの？

それは誰も望まない気がした。しばし考えてから、灰島のほうを向き直った。

「……わかりました。具体的な講義内容の打ち合わせをお願いします」

「またメールしよう。今日は顔合わせだけで十分だ」

「……失礼します」

部屋から出た。

灰島のことが苦手だ。その一方で、彼の複雑な人間性にわずかな信頼感を抱いてもいる。これが灰島のやり口なのかも知れない。彼から学ぶべき部分がたくさんあるのは確かだ。プラスに考えよう。自分は前に進んでいる。

「そっちは非常階段しかないわよ」

背後から声をかけられて、足を止めた。どうやら、間違った方向へ歩いていたようだ。

振り返ると、若い女性が立っていた。黒猫の姉、冷花から感受性を除いて、冷めた理性だけで十五分ほど煮詰めたような雰囲気の美人が立っていた。ヴィクトリア朝風ワンピースに身を包み、長い黒髪をたなびかせたその姿は、見る者の視線を捉えて離さない。

「あなた、新しい講師の方ね？」

最初の第一声では気づかなかったが、どことなくこの声に聞き覚えがあった。

「はい、そうです……今日は顔合わせに来ました」

それから、自己紹介をした。すると、こちらの名前を知っていたのか、わずかに目を見張る。

「先日はごめんなさいね」

「え？」

「急に私が出たからびっくりしたでしょう？」

そこまで言われても何のことかわからなかった。

「申し遅れたわね、私、助教の三上彩名。専門はヴァルター・ベンヤミン研究。先日、黒猫に付き合って滋賀県に行ってきたわ」

「あ……」

頭の中が真っ白になったのは、あのときの疑惑には何となく封をしてしまっていたからだ。黒猫があれだけ堂々としていたのだから、もうこれ以上は何も考えまい、と思っていた。

まさかこんなところで黒猫とホテルの一室にいた女性に遭遇することになるとは。

言葉を失ったこちらに対して、彼女は一瞬怪訝な表情になりつつも、何か腑に落ちたような顔になると、笑みを作り、手を差し伸べてきた。

「よろしくね」

それから耳元で囁いた。

「私ね、黒猫の従姉なの」

「え、いとこ……？」

脳内で、黒猫の言葉がよみがえる。

——僕らはお互い物事の限度を知る大人だと思うけど？

黒猫が詳細を省いたのは、わざわざ言うほどのことでもなかったからか。互いの人間性への信頼があれば、そんなことを疑うほうがどうかしている。黒猫は言外にそう言いたかったのかも知れない。

でも、その後に三上彩名はこちらの抜けかけた気を突く一言を残した。

「従姉だからって油断しないでね？」

それからぱっと身体を離し、こちらにウィンクをしてみせる。

「よろしくね。あなたに毎週会えると思うと愉しみ」

「……よろしくお願いします……」

彩名が去っていくのを見守りながら、ゆっくりと深くため息をついた。従姉か。半分の徒労感。半分の緊張感。きれいだったから？　油断できないと思った？　そうかも知れない。

新しい日常に不安しかない。手が震えてきそうだ。けれど、この新しい門出を、どうしても報告しなければならない。誰よりも、黒猫に。

電話をかけた。

二十コール鳴らしても、黒猫は出なかった。

いったん切断表示を押した。ふだんなら、黒猫から電話がかかってくるのを待つ。

でも、今日は違った。深呼吸をしてから、もう一度リダイヤルの表示をタッチした。

十コール目で、黒猫が出た。

「ごめん、打ち合わせ中だったんだ。珍しいね、二度も続けてかけてくるなんて」

「そう？」

「急用かな？」

「会いたくなったの。黒猫に」

言えた。

会いたくなったの。

こんな簡単な一言が、どうしてこれまで言えなかったんだろう。

「……わかった。会おう。じゃあ、いつものバーで」

「うん」

電話を切ると、空を見上げた。

何事もなかったかのように青い空が広がっている。

青空があることを、長らく忘れていた。

自分の周りに霧が立ち込めていたみたいだった。

たぶん、奇妙なディストピアに迷い込んでいたのだろう。

そして、ディストピアから抜け出すヒントは、いつでも自分の中にあるのだ。

エピローグ

今宵もジャズバー〈ファタール〉の、壁に並べられた古いレコードジャケットの洞窟が我々を温かく迎え入れた。このトンネルの中では、時空は六〇年代のアメリカになる。かかっているのは、ビリー・ホリデイの〈I'm a Fool to Want You〉。しゃがれ声が、ヴィンテージ級の哀愁を漂わせる。

カウンターに並んで座るのも、久しぶりだった。

「今日は飲み過ぎないようにね」

黒猫は口元に笑みを浮かべてそんなことを言った。

「……わかってるよ」

「ふふ。めでたい夜だからね。一応、釘を刺しておかないと」

マスターが、二つのグラスにアモンティラードを注ぎ入れてくれた。それから二人で乾杯をする。名目は「君の講師就任に」だったけれど、もっといろんな意味のある乾杯だった。何より、あの仲違いした夜以来久々に二人で並んで酒を飲むのだから。

「……前、酔ったとき、私何か言ったよね？　なんですねて寝たのかよく思い出せなくて」

黒猫の言葉だけは覚えている。

——とにかく、まだ今は無理。

あの言葉がどんな文脈で出たのかが気がかりなまま、今日まで時間が過ぎてしまった。

黒猫は笑い出した。

「笑いごとじゃないよ。こっちはけっこう本当に何日も悩んでたんだから。記憶がないのってすごく不安なものよ」

「だろうね。まあでも、思い出さなくてもいい記憶は多い。僕みたいに、忘れたくてもなかなか忘れられない性分だと、苦悩が増える」

「黒猫が白髪になっちゃったら、白猫だね」

「……僕の渾名って髪の色で変わるの？」

「知らないわよ、そんなこと」

真面目に尋ねる黒猫の様子がおかしくて噴き出してしまった。

「お母さんは元気になった？」

「んん、まだ少し引きずってるかな。表向きは元気なふりしてるけどね。デモにも相変わらず参加してるし」

今でも母はデモに参加している。都市計画も今のところ続行されている。好きな人の遺した計画に、死後も反対の立場をとり続けるのってどんな気分なんだろう、とときどき想像するけれど、これぱっかりは少しもわからない。たぶん、彼女の心を理解するには、人生をあと何周か駆けずり回らないと無理なんだろう。

「まあ、動いているほうが気持ちは落ち着くだろうし、反対の立場であれ何であれ、扇教授の遺したものに接していられるのは幸福なことなのかも知れないよ」

「そうなのかな……でもやっぱりときどきからっぽになっているような目になるの」

そうなったときは、話しかけないようにしている。母はいまどこかべつの空間を漂っているのだ、と。

「人が一人死ぬってとても大きなことなんだよ。その大きな穴が、周りの人の心のバランスを崩し、またその人の周りにいる人の心も微弱に揺らす。それこそ見えない地震みたいなものだね」

「あの二人の絆って不思議。一緒にいた時間はわずかで、その後は一度も会っていないはずなのに、まるで毎日想いを確認し合っていたみたいに、お互い片時も相手のことを忘れたことがなかったのよね、きっと。失ってから始まる絆っていうのかしら……」

昔は、それが面白くなかった。よその女の人と結婚したような人が自分の父親なんて、と思うと嫌な気持ちになったし、その人との思い出を母が大事にしていることも解せなかった。

今ではわかる。生まれた感情に偽りはなく、互いの想いは純粋だったのだろう、と。

「でも失ってから始まった絆が、また新たな次元に歩みを進めたわけだね」

「新たな次元？」

「死が二人を分かつときがきた。失ってから始まる絆は、死によってさらにその不可逆性を確定する。人生は後戻りができない。それでも互いが生きていれば、同じ月を見ていると信じる自由が残されている。だが、片方がこの世を去れば、『同じ月を見ている』という確信すらなくなってしまう」

自分だったら、と考えると息が止まりそうになる。たった一人で闇に佇む孤独の総量で窒息（ちっそく）してしまうことだろう。

「それでも失われた世界を信じ続けるのは、遠近のないディストピアを歩くようなものだろう」

ディストピア——。

かつては、たとえ別々の道を歩いていても、同じユートピア幻想を抱くことができた。けれど、片方の鼓動が止まれば、その幻想を信じぬくことは難しくなる。

「扇教授は、君のお母さんとよく歩いた所無の街を、みずからの都市計画で変えてしまうことで、ユートピアを自分の魂同様、君のお母さんの内面だけに刻みこもうとしたのだろう」

「……そうね。そして、あのメッセージを残した。母が都市計画に反対しているのは、その主旨が個人的なものだとわかっているからなのかも。私は父親が必要だとは今でも思えないけれど、それでも母は素敵な恋をしたのかもって少しだけ今は思ってるかな。ドライな感覚なのかも知れないけど」

「それでいいと思う。人のかたちは、生きている間にはつかまえられない。いなくなってから、ゆっくりゆっくり浸透していくものだから。ところで、誤解を解いておくけど、僕がまだ今は無理だって言ったのは、結婚する気がないって意味じゃないよ」

「……え？　な、な、何の話？　急に」

突然こちらの知りたいことに話が舞い戻って、動転してしまった。

「君は出張の前日、僕が婚姻届を出していないことに怒った」

「そうだっけ……」

結婚の許可は、すでに母にも、黒猫の両親にももらっていた。ただし、結婚式も披露宴も挙げない。一緒に暮らすのも、まだすぐの話ではない。互いの状況が落ち着くまで。

——社会の制度としての結婚が僕らに必要かどうかはよくわからない。既婚だの離婚だの、そういった部分で評価する風潮も愚かだとしか思わないし、そもそも他人同士が生涯共に暮らす契約を結ぶというのもなかなかナンセンスな気はする。ただ、まあ、エッフェル塔みたいなものだよ。

——エッフェル塔？

——モーパッサンはエッフェル塔が嫌いだった。パリの景観を壊すものでしかないから。それで、彼はよくエッフェル塔のレストランで昼食をとったようだ。「パリで塔が見えないのはこの場所だけだ」と。

彼はそう言いながら、以前お土産でくれたキーホルダーのエッフェル塔をいじった。そして言ったのだ。

——エッフェル塔のレストランに行かないか？

その言葉に、二つ返事をした——まではよかった。

婚姻届の自分の書くべき箇所は埋めたものの、その後とくに何も日常が変わらない。そもそも、一緒に暮らしていないのだし、まったく結婚している実感は伴わない。

たぶん、そういったもやもやがあって、あの晩、お酒の勢いで絡んでいたら、肝心の婚姻届をまだ黒猫が役所に提出していないことが発覚したわけだ。

それで──一方的に怒ってしまったんだろうな。ああ……やってしまった……。

「君が怒っていたのは、僕が婚姻届を出していなかったことと、それから一緒に暮らさない現在の形式への不満もあったみたいだね」

「……うん、それは今も、あるかな」

いつもより、素直に話せる。まだ飲み始めたばかりで、少しも酔っていないのに。アモンティラードに口をつける。甘やかな香りと裏腹な辛口の飲みごたえがくせになる。

「僕はただ……」

「言わないで。もうわかってるの。黒猫は、今はまだ私はお母さんと一緒にいたほうがいいと思ってるんでしょ」

今回の一件があったせいもある。自分は、まだ母と一緒にいたい。少なくとも、母が研究者として元気なうちは……。その先のことは、またその時考えればいいのだ。

「まあ、それもあるけどね」と言いながら、黒猫はアモンティラードを飲む。「本当は、先週、出張から戻ったタイミングで君と一緒に届を出すつもりだった。でも、問題が一つ。君は覚えてないだろうけど、これ」

黒猫が内ポケットから取り出したのは、くしゃくしゃに破られている婚姻届だった。

「あ……」

「君が僕の〈まだ結婚できない発言〉に怒って、破いちゃったんだよね」

「ご、ご迷惑を……」

「それもあって君をタクシーで所無まで送っていったあと、役所で新しい紙をもらってきたんだ。善は急げって言うからね。夜間窓口は二十四時間開いてるんだよ」

――大切な仕事が残っているんだよ。

あの時の台詞は、役所へ婚姻届をもらいに行くことを意味していたのか。

けれど、そもそも届を出すつもりがあったなら、出張よりずっと前に出すことだってできたのに……。

訝っていると、黒猫はハンカチを取り出して手の上にかぶせ、まじないでもかけるみたいにしてから、ハンカチをふわりと持ち上げた。中から、小指くらいの大きさの円い筒が現れる。

それは――。

「滋賀県は『竹取物語』の舞台ではないかと言われている。とくに長波間市には『竹取物語』の聖地として観光スポットにしようとしている人もいるんだ。これは、長波間の名産でもある竹で作った印鑑。先日、滋賀に行ったのは、単に研究のためだけじゃなくて、この依頼していた印鑑を受け取りに行くためでもあったんだ。それまで三文判しかもってなかったからね。この際、しっかりした印鑑で婚姻届を出しておきたかった。僕がまだ結婚できないと言ったのは、この判子のためなんだよ」

『竹取物語』において、かぐや姫は五人の公達から申し込まれた結婚には応じずに、月に帰ってしまう。そのかぐや姫と重なるところのある母親をもった娘と結婚する者として、これほどふさわしい印鑑はなかったに違いない。

「でも判子が手に入る前に、せっかく記入済みだった婚姻届が破れてしまった」

「ごめん……」

黒猫はふふっと笑う。

「また書けばいいんだ」

「うん。書く。でも、役所に出すのは、もうちょっと待って」

「え？」

黒猫は真顔になる。酔いも醒めたみたいだ。

「あ、いや、そんな深刻なことじゃなくて……もう少し私が人間として、研究者として、ちゃんとしてから、一緒に出しに行かない？」

「人間として？」

「そう……浅はかな考え方で一喜一憂したり、人を知らないうちに傷つけたりしない人間になってから」

今回のことで、誰からも責められなくても、やっぱり自分だけは、自分を許せないままだった。このまま幸せになろうなんて、何か間違っている。そんな気がするのだ。

黒猫は、静かに頷いた。

「君がそう思うなら、そうしよう」

「ありがとう……」

黒猫は、そっとこちらの前に婚姻届を置いた。

「君に預けておくよ。君が出したくなったら、いつでも電話して」

「え、いつでも？　夜中でも？」

「夜中でも」

「会議中でも？」

「会議中でも、講演中でも」

それから、二人で笑い出した。

鞄からペンと印鑑を取り出し、婚姻届にサインをしてから、まとめてしまった。「君に預けておくよ」か……。こんなにも自分に心を開いている人を、疑ったんだな。それを思っただけでも、やっぱり自分はまだまだだ。

いつか。いつか、二人で出しに行こうね。絶対に。

言葉には出さずに、そう念じながら、アモンティラードを飲み干した。

「ところで、一つ、あの葉書にある暗号でまだ解いていないのがあったのを思い出したよ」

「……何？」

「あの葉書には紙の破れている箇所があったね」

「うん。それがどうしたの？」

「きれいに記された暗号の葉書は、郵便局員に任せたものではなく娘さんが直接ポストに入れたもの。破れるような理由がない。ということは、あれは意図的に破かれていたんだ」

「どうして意図的に破いたりするの？」

『竹取物語』さ。君のお母さんに向けられた暗号は、『竹取物語』の中の〈序・破・

急〉のなかの〈破〉に当たる章の末尾の言葉が用いられていた。扇教授はこう言いたかったんだろう。このメッセージは物語で言えば〈破〉。この先にまだ君たちには〈急〉があるよ、と」

黒猫はそこでアモンティラードを追加注文する。

黄金色の液体が、注がれてゆく。まるで、〈急〉への門出を祝すみたいに。

「もう一度、乾杯しようか」

「何に？」

「そうだな……いつかの夫婦に」

黒猫の手が、自分の卓上の手に重ねられた。

「うん、いつかの、夫婦に」

それは、有り得たかも知れない、母と扇教授の〈いつか〉であり、自分たちのこれから先の〈いつか〉でもある。

つかの間のディストピアが、夜明けの月のように消えていく。

けれど、夜はまだ始まったばかり。

アーサー・ゴードン・ピムは白の狂気に飲み込まれ、かぐや姫は白い月へと帰っていった。でも、自分はグロテスクとアラベスクの地平に留まっている。

美しいばかりではないこの世界で、この人のとなりにいたいから。

これは誰の物語でもない。

二人だけの遠近のないユートピア。

これまでの何もかもが嘘でもいい。

そう言いきれるだけの今を、そしてこれからを。

生きよう。

握られた手を、握り返した。

さあ、捕鯨船が出帆する。

〈急〉がいま、その幕を開けた。

本書は、二〇一八年十二月に早川書房より単行本として刊行された作品を文庫化したものです。